秋山紅葉

吳佩芳　著

獲益出版事業有限公司

秋山紅葉

著　　者：吳佩芳
封面設計：桑　妮
主　　編：東　瑞（黃東濤）
督 印 人：蔡瑞芬
出　　版：獲益出版事業有限公司
九龍土瓜灣道94號美華工業中心A座8樓11室
HOLDERY PUBLISHING ENTERPRISES LTD.
Unit 11, 8/F Block A, Merit Industrial Centre,
94 To Kwa Wan Road, Kowloon, H.K.
Tel: 2368 0632
版　　次：二〇二五年六月初版
國際書號：ISBN 978-962-449-609-3

目錄

島城：愛的詠歎調

——序吳佩芳的長篇《秋山紅葉》

東　瑞

時光荏苒，來日苦短，讀長篇似乎已經變得很奢侈，然對著吳佩芳首次寫的10萬字長篇的《秋山紅葉》，我懷一份尊重和好奇，終於花幾天時間讀完了。在此之前，她寫散文、兒童小說、童話、微型小說，出了10本書；她和某些作者不同，看到自己的舊作品滯銷，或會到外面尋覓新的包裝再版的機會；佩芳所有的著作在瑞芬和我主持的獲益出版社出版，始終不離不棄，而且筆耕不輟，這一本依然與獲益結了緣。

認識吳佩芳30餘年，非常欽佩她對文學創作的熱愛與堅持。疫情三年，彼此蟄伏，偶有見面，都是事關文事；沒料到深居簡出的她，寫出了那樣精彩的長篇。

佩芳生於斯、長於斯，是地道的香港女性，也是我見過的文學創作中幾種文體都駕輕就熟、拿得出好作品的低調香港女作家。難得的是，她的行文思維完全沒有受粵語習慣的影響，此長篇用了純粹、漂亮的漢語白話來寫，而內容方面，其香港本土氣息則非常濃郁。長居新界大半世紀的佩芳，非常熟悉新界小鎮和城郊的風物人情，雀鳥天堂米埔、大埔公園、大帽山、昂坪、大澳、甲龍古道、大欖郊野公園……等著名打卡景點均進入小說中，而且篇幅不少，作者熱愛這座由小漁村發展起來的島城的情愫溢於言表；而作者也明白，自己生活在這島城大半生，又是第一次著手長篇，長篇小說較之短篇、小小說具有放得開，收得攏，不被字數的鐐銬束縛的優勢；因此有意勾勒出香港作為國際大城市中轉站的樞紐形象特點，人物活動的舞臺就安排在香港與加拿大、美國、瑞士等國的來來去去，真實準確地重現了島城這種大都會的流動性。因此，《秋山紅葉》在某種意義上來說，不僅是佩芳向香港故園致意的一卷情書，也是作者獻給香港的一份厚重的文學成績表。這是我對《秋山紅葉》讀後的第一個印象。

有人說，作者無論寫什麼，都是在寫自己。這樣說，至少有兩層含義，一是指寫自己的故事；二是通過作品裡的人、物、事，描述了自己的愛恨世界，表達自己的三觀。《秋山紅葉》以香港男女的愛情和婚姻故事作為書寫題材，探討了什麼是兩性間的真愛。海內外有許多愛情小說寫得單純或歷盡滄桑的生死戀，佩芳的這部長篇，雖然只有10萬字，但“麻雀雖小，五臟齊全”，書中被提及的人物名字至少有二十幾位，慢慢聚焦在三對男女身上：鄭子健和方雨晴、林浩民和陳笑儀、沈思明和袁紫瑤，而鄭、方這一對牽涉許美儀，沈、袁這一對涉及陳心兒，這些人物身份各各不同，大機構高層、普通白領、童年玩伴、同事等等，他們之間相愛的起源也相異，有上下級關係接觸多了產生的相愛，有普通的異性相處的日久生情，有感恩報恩，有商情婚姻，形形色色，洋洋大觀，友情、愛情、親情融合交錯……很佩服作者運用了順寫、回憶、倒敘、夢境、交錯、穿插等等技巧開展情節，將三出愛情大戲輪盤上演讓我們看。細膩入微的男女愛情心裡描述，對愛情堅貞不渝的信守，讀者無不被作者那詩意的美好文字所打動，不到終卷不能釋手。序標題有意用了“愛的詠歎調”，正是想體現作者本書寫愛情的最大特色，那就是其整本書書寫的文字具有濃濃的抒情性。情節緩緩展開，完全不刻意，對景物的暗淡光亮的描寫，往往襯托和暗示了人物的心境。縱然是三角戀，也沒有寫到你死我活，更不需要惡毒算計，玉石俱焚。哪怕是太子女陳心兒，用的也只是母親的“米煮成熟飯”的笨拙小計，之後被識破而黯然認輸；許美儀喜歡鄭子健，遇到這位心中只有方雨晴的癡情男，也只好悄然退場。愛情是異性相吸、男女之間極為正常的情愫，也沒有必要將失敗的一方處理得黑頭灰腦，顯見作者睿智深刻的人性洞察。這是我讀《秋山紅葉》後的第二個印象。

《秋山紅葉》的第三個特點是作者以其充滿創意的詩意文字寫了一部愛情小說。什麼是愛情小說呢？台灣著名文學創作理論家李喬說：「**愛情長篇：愛情乃人間第一“大事”，極少長篇小說能“避過”愛情描述的——實際上，避開愛情豈不是避開人生——當以愛情之闡釋，情海之描繪為主調，社會現象為背景點綴時，這便是愛情長篇小說。**」(註1)傅騰霄先生說：「**“愛情”作為“永恆”的主題，千百年來不斷地成為小說家塑造人物的“熱門題材”，但是在不同的時代、不同的國度與不同民族的作家筆下，卻是千差萬別、不斷發展的。**」（註2）佩芳的《秋山紅葉》自有自己的特點。如果說，愛情小說有許多種類的話，如牧歌式的《邊城》（沈從文），階級悲情式的《早春二月》（柔石）、表現時代變遷影響愛情婚姻的《傾城之戀》(張愛玲)，以及有著大量讀者的言情式小說，《秋山紅葉》的韻味更接近於《邊城》那種，抒情散文的筆觸貫穿始終，不同的是人物比《邊城》多得多，場景從純粹的山城移至現代化大都會的香港以及散發出濃厚鄉土味和人情美的新界鄉鎮。相同的是作者描述鄉土時那種醉心的投入感和盡善盡美的抒情書寫，幾乎別無二致。對人物喜怒哀樂心理的刻畫，往往達到了天人合一的美妙情景，難怪王國維說，一切景語皆為情語。什麼是幸福感？作者寫道：「**在人生的路途上，有人對你知冷知熱，提醒你添衣保暖，提醒你要下雨了記得帶傘，陪**

你吃飯，陪你看日出日落，為你點著一盞晚歸的燈，是最美滿幸福在方雨晴心裡，能夠輔助問題青少年重回正道，讓他們歡欣地仰首天際，細數點點繁星，那將是最美的星空的！」形容輕快的心境感性而詩意：「她在樹林裡漫步，和一隻小甲蟲說話，又靜心觀賞蝴蝶飛舞花間。林中那麼多生命，到處都充滿了喜悅，雨晴感到自己輕快得像一隻小羚羊。」愛情這樣抽象的感情，落在作者的手裡，都化成一幅幅水彩畫：「昔日他和雨晴在原野上散步，他們收集著清晨的朝霧，黃昏的晚霞，深夜的月色，沒有人比他們更快樂，更幸福」最妙的是天人合一（大自然與心理、生理和諧為一）：「她開啟窗框子，飛絮般的雨絲輕盈地朝她灑進來，落在她的臉頰上，冰涼一片，很快就化作了一滴水珠，從她眼角緩緩滑落」，還有，讀這樣的段落，我們是無法不動容的，感覺到愛情的純真和美好，值得我們去真誠追求：「傾盡我所有的真誠，換取一場與你最美的相遇，所有的歲月都充滿相依的暖……」

一部小說，語言文字，雖然說是文學的表達媒介，但語言文字的優美、詩意、形象、抒情，大大增加了小說的可讀性。最後，讓我們傾聽作者對愛情的呼喚，作為拙序的結束吧——

靜靜聆聽，時光潺潺，總有一種珍藏，即使隔了經年的柵欄，自始至終，我就知道，你一直在等我，等我與你一起踏水而歌。無論時光如何流轉，總有一些念，不會辜負歲月。

久別，重逢在最深的紅塵，只想，與你靜看陌上花開，願隔了千山萬水，穿過天涯海角，傾聽你如約而至的呼喚。

（注1） 引自《小說入門》第61頁（台北大安出版社2008年版）

（注2） 引自《小說技巧》第206頁（洪葉文化事業有限公司1996版）

2024年12月29日

第一章 親情濃如酒

第一次踏足楓葉之國，是在十年前。

方雨晴乘坐加拿大航空公司客機前往溫哥華，經過約十二小時的旅程，飛機已漸漸下降，空中小姐提醒各人扣緊安全帶，飛機很快便降落在溫哥華國際機場。在機場停留三個多小時後，再轉乘航班向多倫多飛去。約四個半小時後，機窗外映入眼簾的盡是藍天、白雲、綠地、青山和湖泊。傍晚時候，機艙變得活躍起來，空姐們正忙碌為旅客派送晚餐和飲品，各人靜靜地享用食物、茶水、空姐的微笑和問好。飛機再次下降，機翼下出現一大片燈光，樓房在燈光閃爍中越來越清晰，通道上的汽車像閃亮的甲殼蟲在爬行。

雨晴跟隨人潮走出機場海關，表哥程思俊正駕車前來迎接。汽車駛進寧靜的小鎮上，再轉入一片翠綠大草坪，兩旁種植顏色鮮艷花朵的庭園內，在一幢兩層高的樓房前停下來。舅父程日朗和舅母張小娟笑著走出門外，親切而誠摯的把手放在雨晴的肩上。

舅母身材嬌小，但一對大而亮的眼睛經常是神采奕奕的放著光芒。舅父頭髮花白，眉毛濃而挺，眼睛看起人來銳利堅定，聲音響亮而率直。舅父一家人移民加國多年，此刻相見，雨晴依然感到那樣親切和誠懇。

雨晴進入客廳內，在一張藤椅上坐下來。

「這茶葉是自己種的，沒有曬過，喝喝看是不是喝得慣。」

舅母送上一杯茶。

雨晴端起茶杯，還沒有喝，已經清香繞鼻，杯子裡澄清的水，飄浮著幾片翠綠翠綠的茶葉，映得整杯水都碧澄澄的。雨晴喝完了茶，滿口清香，精神都為之一爽。

放下茶杯，舅母陪伴雨晴沿著梯級向上走，到二樓的客房去。

順著走廊來到東邊的房間門口，舅母推開房門，帶著淺笑凝視雨晴：「你的房間。」

雨晴走了進去，這房間相當大，一排明亮的大窗，窗上垂著淡綠色的窗簾，靠窗的位置放了一張書桌，桌上有用竹子雕刻出來的小枱燈，罩著綠紗做的燈罩。靠牆的地方是一張木床，床墊和被單上印有小鹿斑比的卡通圖案。

「噢，很美呀！」雨晴擁抱舅母笑著說：「你還記得我喜歡小鹿斑比！」

「你自小就喜歡卡通公仔，特別是可愛的小鹿斑比。」舅母輕柔地拍著雨晴的肩膀。

翌日清晨，表哥駕車帶領雨晴到處遊覽。汽車穿過市區的幾條通道，向多倫多的一處湖泊駛去，到了湖邊，但見湖面烟波浩翰，水天一色，在湖濱可遠眺多倫多市中心的全貌。

「那是貿易大廈，而最高如利劍般伸向天空的就是多倫多的電視塔了！塔上有旋轉餐廳，更設有舞廳，是世界上離地面最高的旋轉餐廳和舞廳。電視塔能防風、防冰雪、防地震、防雷電，據說登塔還可遠眺美國。」表哥指著遠處的建築物告訴雨晴。

安大略湖的景色迷人，晨風吹起層層波浪，三五成群的野鴨在湖面上嬉水，百多隻海鷗聚集在湖邊的草坪上，湖岸停泊著一艘巨輪。進入安大略湖的巨輪有貨輪，也有豪華客輪，大部份湖水向東北流經聖勞倫斯河注入大西洋。清晨的安大略湖一片寧靜，只有湖水輕拍岸邊發出有節奏的聲響，巨輪還未啟航，海鳥還在棲息，遊艇未見蹤影，其他遊人還未到湖邊，只有微風從湖面吹來，給人一種清新涼快的感覺。

中午，他們又驅車前往美加邊境的尼加拉大瀑布遊玩。汽車穿越美加邊境的高速公路，遠離多倫多後，車窗外出現一片片葡萄園和櫻桃園。下車後，他們快步向前走去，隆隆的聲響如雷貫耳，世界著名的尼加拉大瀑布映入眼簾。

瀑布氣勢磅礡，聲震如雷，水流直沖河谷，白浪翻滾，景色壯觀。

接著，他們登上「霧美人」號遊覽船，親身體驗「霧中少女水上游」的意境。遊船分上下兩層，他們穿上了遊船派給的一件藍色套頭雨衣，匆匆站到上層的甲板前方。

遊船漸漸靠近亞美利加瀑布，東為彩虹瀑，西為月神瀑。遊船靠近彩虹瀑谷底河面時，聲震如雷的瀑布飄來暴雨般的水珠，遊船像要傾翻那樣前行。遊船西行至月神瀑前，瀑布輕輕地飄落，月神瀑落水酷似新娘婚紗，也稱婚紗瀑。

遊船接近岸邊，一道彩虹橫跨在瀑布上空，雨晴對著眼前七色的彩虹瀑布默默地祈求，但願家人和朋友都能夠健康快樂地生活。

黃昏時分，他們踏上歸途。

第二章 童年樂消遙

時值深秋，金黃色的陽光灑在方雨晴美夢初醒的睡臉上，她抬頭望了一眼帶著朝霞餘暉的太陽，悠閒地哼起了小曲，兒時片段在腦海中浮現。

孩童時代，雨晴住在新界大帽山腳的雷公田村，四周被大樹包圍，環境十分優美。父親在屋後種了白蘭樹，清風輕吹送，白蘭花濃郁的香氣飄散，混合著門前茉莉花淡淡的幽香，為小屋平添雅逸。每天，父親放工回來，母親忙著弄晚飯，餐後一家人將椅子搬往庭園，樹下乘涼。母親搖動葵扇揮趕蚊子，雨晴總愛纏著父親講童謠，遠處蟋蟀在唱歌，溪畔的青蛙又似在打拍子伴奏，母親的催眠曲，往往伴著她進入夢鄉。

小時候，在鄉村居住，門只是一個象徵，家家戶戶都敞開了門，大家坐在院子裡乘涼、聊天，小孩子在門前玩耍。左鄰右舍都彷彿有一扇打開的「心門」，彼此守望相助，坦誠相對。雨晴和鄰家小孩玩「煮飯仔」遊戲，綠葉青草做材料，放在盤上「炒炒炒」，但真正能養活她的，卻是母親那色香味全的住家飯菜。廚房是佳餚美食的誕生地，每天清晨到黃昏，母親都會進進出出這個地方，烹調美味小菜，煲老火靚湯，為家中各人的健康飲食，謹守一家之「煮」的崗位，獻出溫情加愛心。

太陽東升，大人忙於工作，小童閒來無事，便三五成群一同玩耍。他們隨手拾些可供玩樂的物件，開始跳橡筋和踢毽子，或到草坪捉迷藏。夏日裡，前往小河淌水，混水摸魚，捉那些搖著尾巴的小蝌蚪。三歲那年，雨晴因為消化系統出現問題，忽然全身抽搐，手腳冰冷，父母親驚惶失措，想起鄰居懂醫術的老伯，抱著她半夜敲門求助，老伯取出小針在小指頭上刺下去，擠出紫紅色的血水，再用玉桂煲水餵她飲下，這才救回小命，父親灑下驚喜的眼淚，向老伯謝恩。

小時候，雨晴跟隨表哥到山徑採摘山稔。山稔是一種灌木，生長在山坡地，邊開花，邊結果。紫紅色的花，夏日花開，絢麗多彩，燦若紅霞，成熟果可食，也可釀酒。初秋時候，稔子開始大規模成熟，稔子先青而黃，黃而赤，赤而紫，掛果纍纍，像一個個縮小版的酒杯，味道異常甜美。山稔熟得紫色的時候最好吃，生津止渴，回味甘甜，舌頭牙齒也會被染成紫紅色。

輕輕的叩門聲把雨晴從回憶中喚醒過來。

「今天讓你品嚐懷舊早餐！」舅母輕柔地說。

「是家鄉的「磨鹹茶」！」雨晴興奮地跳起來。

「媽媽拿一個沙盤，將花生、芝麻和茶葉放在一起，用一根番石榴棍在盤內磨，再將滾水沖入盤內，拿切碎煮熟的蔬菜加入，放進適量的鹽再攪拌，在上面放一些泡米，便成鹹味甘香的鹹茶。」表哥詳盡地介紹。

雨晴將滿滿的一碗鹹茶捧在懷中，慢慢享用，真個是百般滋味在心頭！

「明天你陪表妹到學院去辦理入學手續。」舅父叮囑思俊。

第三章 牽動人心的家

開學後不久，一天下午忽然飄起了雪花，初雪斯文地飄下來，像無數還沒有張開的小降落傘，又像宇宙的交響樂團，用手語輕巧地演奏出平和的佳音。榆樹的葉子開始落下，仍然留在樹上的都變成金黃色，被陽光照射出一種醉人的透明與醇美。

當松鼠搬走最後一顆松果，氣溫突然下降，寒流帶來了雪片，這次的雪，沉甸甸的格外繁密。玻璃窗外，是一幅遼闊的飄雪圖，雪沒來之前，窗外的景色原是一片荒涼，樹林剩下光禿禿的枝幹，四周擠滿枯葉堆，天空灰悶得像一聲沉重的嘆息，雪來了，為樹幹添上銀粧，為枯葉敷上粉白，也為窗前守候的人畫了一幅靜美的寒林雪景圖。

童年的方雨晴，曾經夢想自己坐在一輛敞篷馬車裡，當清脆的馬蹄聲掩入雪地，馬脖子上的鈴聲熱烈地響起來，她坐在爸爸和媽媽中間，頭倚在爸爸寬厚的胸膛上，媽媽大衣領圈上的絨毛，輕掃著她的面頰。一家人在寧靜的雪地裡馳騁，寶藍天幕上鑲綴著無數亮晶晶的小鑽石，白雪像天使的羽翼，讓浮躁冷卻，給世界帶來聖潔與和平。

雨晴未習慣寒冷的冬季，感染風寒，臥病在床，舅母竟是寸步不離地照顧她。在這異鄉的雪地上，雨晴感受到家的溫暖，仿如母親的愛就在眼前。

病癒後，雨晴繼續上學去。

每天，雨晴在學院上課，放學回來又可享用佳餚美食，日子過得輕鬆愉快。

冬至過後，天空一片灰濛濛，下課後，雨晴急步走回去。

「隆冬雪飄，我們圍爐吃火鍋好嗎？」舅母笑著說。

舅父將爐具放在餐桌中央，表哥將牛羊豬肉、貝類、海蝦、魚柳片等食材放在兩旁，舅母將清洗後的蔬菜和菇類一起拿出來。

望著鍋內滾動的水波，聞到食物的香味，還有親人的歡笑聲，雨晴眼眶閃著淚光。

「天倫樂聚能夠抵禦外面的漫天風雨。」雨晴輕聲說。

「家在中國人心中佔著極重要的位置。不管是貧窮或是富足，不管是斗室還是豪宅，家總是最令人眷戀，最令人魂牽夢縈的地方。家並非只是一個空殼，如沒有親人、家人，回家不會溫馨，沒有愛，回家也不會牽動人心。」舅父語重心長地說。

舅母張小娟想起多年前的冬天，她與朋友相約到哈爾濱賞冰雕的經過。

雨晴倚在舅母身旁，靜聽感人的故事。

「北國的冬天，白雪紛飛，樹枝上掛滿冰條，加上人工刻意雕琢的冰塊，各種形狀的冰雕放置在雪地上，透過七彩的燈光，更是晶瑩亮麗。我們在雪地上觀賞、追逐，盡情玩樂。在寒風襲面的雪原上，迎接每一次日出，又送走每一個黃昏。在四野無人，寒冰凝結的大地上，我們身處旅舍中，心卻牽掛著遠在南方的家人。細數日子，又到年近歲晚的時候，大家決定結束三個多星期的旅程，預備乘搭火車離開。」

「結果怎樣呀！」舅父緊張起來。

「天氣突然轉壞，狂風暴雪下個不停，火車停開，機場封閉，我們被困在北國的土地上。苦候一星期，我們買不到火車票、飛機票，只得改乘長途公路車離開。車子開行五個多小時後，忽然減速停下來，車輛有如一網魚似的擠在一起，動也不動。氣溫急劇下降，寒風帶來的雪片，沉甸甸地格外繁密，傍晚給車燈照著，一片片的不像從天上落下來，倒像從正面撲過來，如一群燈下亂舞的飛蛾，厚厚的一層，壓在路面上。」

「怎麼辦？很危險嗎！」表哥也追問。

「我們被困在車廂內，飢寒交迫，望著長長的車龍，路面的冰塊越來越多，大家的精神和體力都漸漸衰退，像跌落萬丈深淵，處身谷底。我只得向上蒼默禱，讓惡劣的天氣盡快過去，我們惦記著家中的慈親，相信他們也正在焦急地等待我們回去。時間走得真慢！被困車廂內十多個小時，像是經歷半個世紀一般無奈。黎明初現，暴雪暫停，車子開始緩慢移動，到達終點站頭已經是年三十晚的黃昏。」舅母無限唏噓。

「幸好平安。」雨晴握著舅母雙手。

「大家拖著極疲累的身軀，返回各自的家園。正當我踏入家門，父母親緊緊地擁抱著我，如獲至寶地搖動我的身體，眼中含淚不斷重複地說：「小娟回來了，就好！就好！」此刻，我熱淚盈眶，為自己旅遊被困雪地，令父母擔憂而難過，又為一家人能夠圍爐共聚，一起吃團年飯而感到歡欣雀躍。」

「在這寒風蕭瑟，冷雨敲窗的季節，家是生活的樂園，又像是心中的太陽穿過雲霧，把一切都照亮起來。」雨晴仰起頭來，微笑著說。

第四章 月是故鄉明

離開家鄉多年，趁著假期，程日朗決定和妻兒重回香江，探望父母和親朋好友。

走在鄉間小路上，妻子張小娟望著那一片綠油油的菜園，心中升起莫名的親切感。他們經過村屋小徑，見到竹籬笆上爬滿了綠色的藤蔓，開了一串串紫色的蝶形小花，兒子程思俊跑向前方一家村舍。這是一間磚造的平房，矮矮的紅磚圍牆，大門口用原始石塊堆砌了一個台階。

日朗和妻兒走上台階，進入一間寬敞的房間裡，牆上懸掛了一幅水墨畫，幾片蘆葦、一片淺塘，淺塘裡伸出一枝荷花，全畫從蘆葦到石頭、淺塘、荷葉、荷梗全是墨筆，唯有荷花尖端卻帶著一抹輕紅，這畫有一種特別吸引人的韻致。

有個瘦小的女人迎了過來，那是日朗的妹妹程詠梅。她一把抓住張小娟的手，用一種發自內心喜悅的神情說：「你們回來真好！爸媽時常惦記你們呀！」

「多年沒有見到你了！思俊完全是個斯文俊俏的大男孩。」詠梅輕拍著侄兒的肩膀說。

詠梅幫兄嫂和侄兒安放好行李，從廚房拿來食物，泡上濃茶。

「這畫是你的傑作？」小娟指著牆上的水墨畫問詠梅。

「是陶老師的。」

「教你繪畫的老師？」小娟想起多年前詠梅喜歡的那位藝術家。

「是的。」

「你們還有聯絡嗎？」

「沒有！聽聞五年前他到法國進修，兩年後他帶同外籍妻子從法國返港，在南丫島居住。」

平房外傳來陣陣吠叫聲，一隻小狗搖動尾巴狂奔回來，後面跟著兩位老年人，手中拿了一大盆食物和蔬果。

「這是圍村盆菜？」日朗幫父親將手中的大盆子放在餐桌上。

「嘩！咁大盆！有什麼食材呀？」思俊仰起頭來問祖父。

「有新鮮鮑魚、北海道帶子、海蝦、西蘭花、豬皮、魚蛋、白蘿蔔和新鮮花膠等。」祖母輕拍孫兒的肩膀笑著說。

晨曦初現，雲霧飄渺，本來光禿的樹枝，抽出嫩綠的新芽，野草小花爭相冒出頭來，葉上還有點點露珠。日朗跟隨父親到菜田幫忙，他們鬆泥築堤，撒下新的菜種。父親黑實且滿佈皺紋的臉上始終掛著親切的笑容，日朗回憶起兒時的片斷，一陣暖意湧上心頭，眼眶裡泛起淚花。

詠梅陪伴小娟到庭園外閒逛，小娟看見大樹枝椏上懸掛著兩個鐵架，上面繫著一對大鸚鵡，一隻是週身翠綠，綠得發亮，另一隻卻全身緋紅，紅得像火。

「你們哪兒弄來這樣一對寶貝？」小娟笑著問。

「綠的叫翡翠，是我八歲生日時爸爸買來送我的，紅的叫珊瑚，是我小學五年級考第一名媽媽買來獎勵我的。」

「牠們會說話嗎？」小娟用手指嘗試去撫弄牠們的羽毛。

「不會。我們用了很多時間教牠們，牠們還是只會講牠們自己國家的話。老師說除非把牠們的舌頭剪圓，才能教會牠們說話，但那太殘忍了！」

詠梅托起珊瑚那勾著的嘴，瞇起眼睛對牠細聲喊：「珊瑚、珊瑚，叫一聲。」

那紅色的大鳥嘰咕了一聲，然後轉個頭去。

第五章 大埔風情畫

星期天，方雨晴和媽媽程詠蘭到外祖父母家裡，與舅父母歡聚，閒話家常。

「詠蘭，你瘦多了！」舅母張小娟緊握著雨晴媽媽雙手說。

在這一剎那間，一種感動的情緒掠過雨晴心中，她看出媽媽和舅母之間有著多麼深厚的友情和瞭解，兩人都已超過了四十多歲，有一半的時光是各自在創造自己的歷史，但她們之間應該是沒有祕密的，能有一個沒有祕密的知己是多麼可喜的事情！

「雨晴在加拿大讀書的時候，真的十分感激你們對她的照顧！」詠蘭眼睛裡閃著淚光。

「都是自己一家人呀！雨晴很乖巧的。」

「自己人當然要互相照顧啦！」外祖父母笑著說。

「你們還住在雷公田村嗎？」舅父轉個頭來問。

「自從雨晴爸離世後，我們已遷往大埔住，方便雨晴上班。」

「我們可以去大埔探姑姐呀！」思俊也來湊熱鬧。

「好呀！我可以權充導遊，帶你們遊覽大埔附近的景點。」雨晴附和著。

大埔區位於新界的東北部，面向吐露港，群山環抱，滿眼翠綠，景色怡人，充滿珍貴的大自然資源。曾經有一個傳說，「大埔」名稱的由來，是「大步」轉變過來，話說當年此地有老虎出沒，村民每次經過都要大步走避。如今，猛獸老虎已經絕跡，不會再騷擾居民，但居住此地的人仍然龍精虎猛，繼續去建設這個社區。

從市區進入大埔，交通十分方便，可以乘坐公共巴士經吐露港高速公路，亦可以利用火車經鐵路沿線。香港鐵路博物館位於大埔墟市中心，是在舊大埔火車站原址上改建而成的戶外博物館，舊火車站大樓是一座風格獨特的金字頂中國傳統建築。昔日，火車頭會噴出黑煙，發出隆隆巨響，速度緩慢；今日，電氣化火車寧靜快捷，又不會污染環境。時代越進步，交通工具不斷改良，人們願意遷入新界居住，喜歡那旺中帶靜，又能夠親近大自然，與綠樹為伴，聽聽鳥語蟲鳴的生活環境。

曙光初露，程詠梅帶領兄嫂一家往大埔探望二姐。他們從上村出發，乘坐64K巴士前往，在終點站下車，外甥女雨晴在車站等候，一起步行到一間酒樓，二姐詠蘭早已訂了一張六人枱，泡上名茶在等候。

「你們選擇喜歡的點心吧！」詠蘭將點心紙交到各人手上。

「看看有沒有一些懷舊點心？」日朗輕托起眼鏡，在點心紙上搜尋。

「爸爸最喜歡糯米包、豬肚燒賣、紙包骨、金錢雞和芝麻卷等。」思俊笑著說。

離開酒樓，雨晴提議到附近閒逛。他們沿著林村河畔前行，約半小時的路程，到達離市中心較接近的一個大型公園。大埔海濱公園佔地廣闊，遍植林木花草，有兒童遊樂場、文娛表演場地、昆蟲屋等。噴水池旁，繁花似錦，草地上，放風箏者手執玻璃線球，逆風而跑，他們把絲線時收時放，讓美麗的風箏乘著風勢，在天空中自由飄揚。公園臨近海旁的地方建有一座多層高的「回歸塔」，沿著螺旋形的梯級向上走至塔頂，可以遠眺吐露港，迷人景色盡收眼簾。

「各位團友，下一站我們前往大美督遊玩。」雨晴笑著說。

「看看你能否成為稱職的導遊啦！」媽媽取笑女兒。

雨晴帶領大家在大埔墟巴士總站乘坐75K巴士，前往這個位於大埔船灣淡水湖旁邊的郊遊勝地。那裡有燒烤場地，野外BBQ，樂也融融！又可以在湖邊釣魚，到草坪放風箏，或到長堤上踏單車，享受清風拂面的樂趣。

「想當年，我和你舅母踩單車郊野上，多麼溫馨浪漫！」

「我們今天玩水上單車！租一部天鵝2人水上單車給舅父和舅母享受二人的浪漫旅程，重拾溫馨回憶，再租一部天鵝4人水上單車給媽媽、三姨、表哥和我享受家庭旅遊樂。」

「看來我們這位導遊小姐安排好好！要掌聲鼓勵！」思俊拍掌歡呼起來。

踩過水上單車後，他們走回汀角路一帶的燒烤場，附近有不少任食BBQ場。

「今天午餐享用任食燒烤好嗎？」雨晴詢問大家的意見。

「我們聽從導遊小姐的安排。」舅母笑著說。

吃飽後，大家返回景觀優美的水壩，坐在壩上休息。在這裡看著夕陽慢慢落下，觀賞無敵日落美景，踏著輕快的步伐，在大美督乘坐75K巴士返回大埔。

「我要到街市買海鮮和肉類去外公家裡打邊爐，大家圍爐共聚。」詠蘭輕拍著女兒的肩膀說。

「我和二姐去買，雨晴帶舅父母和表哥到附近逛街，在64K巴士總站集合。」詠梅和詠蘭往大埔墟綜合大樓方向走去。

「我們一起去吧！我也想逛一逛街市呀！」舅母笑著急步向前走。

他們選購了珍寶帆立貝、磯煮去殼鮑魚、松葉蟹片、珍珠帶子、天使赤海蝦、陳皮魚蛋、和牛燒肉片、西施牛肉肥牛片、和牛肉眼蓋肥牛片、枸杞當歸貢丸等等。還有金針菇、蘑菇、白菜、菜心、芫荽、韭菜、南瓜、胡蘿蔔等。

「還要去超市買飲品呀！」雨晴和表哥跑往對面街口的超級市場。

「有竹蔗茅根水、綠茶、菊花茶、金銀花茶。任君選擇！」雨晴笑著說。

個多小時後，各人提取大包小包食物和飲品前往64K巴士總站等候。

當巴士駛近林村站時，舅父指著前方對面的村屋旁說：「那是林村許願樹嗎？」

「是呀！每逢新春佳節，大埔的林村許願樹下可真熱鬧！很多小販攤檔，放置各式各樣的「寶牒」，以供遊人選購。人們喜歡將自己的願望寫在寶牒上，再用繩子連同一個橙將寶牒綁在一起，方便拋上樹梢，讓願望早日實現。但這種做法對「願望樹」造成無可挽救的傷害，令樹幹折斷，樹葉枯死，樹身傷痕累累，「願望樹」奄奄一息。有關當局為了提高市民的環保意識，要愛護樹木，只得禁止再將「寶牒」拋上樹椏。為保留這風俗習慣，當局在樹旁設置一個鐵架，方便人們把「寶牒」掛在上面。」

第六章 美麗的翅膀

傍晚的鄉間小路朦朦朧朧，遠處有吠叫聲，雨晴和表哥領先跑向那紅磚圍牆的平房前，一隻小狗搖動尾巴汪汪叫。

「牠在歡迎我們回來呀！」詠梅輕輕拍著小狗的頭。

「今晚可真熱鬧！」外祖父母笑逐顏開。

飯桌上放置各式各樣的火鍋食材，邊爐鍋內水波滾燙，鮮番茄湯底散發出陣陣清香，一家人圍坐在桌前，將食物放進鍋內，邊煮邊吃，吃的時候，食物仍然熱氣騰騰，歡聲笑語瀰漫在空氣中。

雨晴將鮑魚和帆立貝切成細片放進外祖父母的碗內，老人家喜上眉梢，笑得合不攏嘴。

「看表妹多細心！」舅母拍拍思俊的肩膀。

思俊看見祖父母嘴裡剩下幾隻「衛兵」門牙，他紅著臉快速拿起刀子把大塊的食物切細，然後放進祖父母的碗內。

「男孩比較粗心大意呀！」舅父呵呵大笑。

「小時候，雨晴總愛到外公家裡餵鴿子，看著鴿子在天際遨翔，雨晴就會手舞足蹈起來。」詠蘭想起女兒的童年往事。

「外公養了十多對鴿子，還送了一對鴿子給我。每天放學回家，我做完功課，就去把鴿子捧出來，對著牠們唱歌或說話，然後，把牠們放出去。鴿子在空中飛翔一陣子，就回來停在我的肩膀上。」雨晴回憶起一段鴿子情緣。

端午節，外公帶了一串串自己親手造的「一口粽」來到雨晴家中。「一口粽」小巧精緻，色香味俱全，雨晴早已垂涎三尺，急不及待把粽子放在口中品嚐。吃過粽子，雨晴牽著外公的手去探望她心愛的鴿子。

「鴿子是聰明的鳥兒，如果你想訓練牠飛翔，就要一站一站的放飛，讓牠認得回家的路，然後，不管距離有多遠，只要是牠飛過的地方，牠都記得，這是牠的天性。」外公打開籠門，將一隻鴿子捧在手中。

鴿子好像認得舊主人，牠竟一躍跳到外公肩膀上。外公偏過頭來輕輕對牠說：「你好乖喲！」鴿子用牠的喙輕輕碰一下外公的臉，表示聽懂了。雨晴將另一隻鴿子捧出來，鴿子又跳到雨晴肩膀上。爺孫兩人一人一隻鴿子，在庭園前快樂地走著。

外公的家與雨晴的家距離不遠，只需一個多小時的路程。暑假期間，雨晴得到爸媽的允許，帶同她的一對寶貝鴿子，到外公家裡小住數天。每天清晨，外公會帶領雨晴到田野間去放鴿子。看著鴿子在天際遨翔，雨晴整個人也彷彿在一望無際的蔚藍天空中展翅高飛。

「你知道嗎？古代通訊不發達，人們會用飛鴿傳書，向遠隔千山萬水的親人互通消息，向他們問好。」外公記起兒時的片斷回憶。

「用什麼方法去傳遞書信呢？」雨晴越聽越有興趣，向外公追問。

「人們會將親筆信函綁在鴿子的腳上，然後，將牠們放到天上去。每當遠方的親人看到天外飛來的鴿子，接到訊息時那種喜悅，該是多麼溫馨，多麼感人！」外公臉露微笑，十分陶醉。

「現代人溝通可以用電話聯絡，手機簡訊或電子郵件，書信往還會被人取笑為累贅和落後的。」雨晴說出自己的意見。

「外公年紀大，思想比較古老，我總是喜歡接到親人或朋友的書信，有一種說不出的溫馨！」

「我可以利用飛鴿傳書，將信件送到外公手上，就不需要麻煩郵差叔叔啦！」雨晴想試一下鴿子的本領。

「我們要好好訓練鴿子，讓牠們認得從你家到我家往還的路線。」外公一站一站教雨晴將鴿子放飛。

中秋過後，天氣有點兒清涼，雨晴想給外公一個驚喜。她用一小截吸管綁在鴿子腳上，吸管裡面放入一張小紙條，上面寫著：親愛的外公，我好想念好想念您呀！然後，她將鴿子放到天上去。

傍晚時分，雨晴見到鴿子從遠方飛回來，她高興地走出庭園去迎接，鴿子乖乖的停在雨晴肩膀上。雨晴將綁在鴿子腳上的吸管取下來，再從吸管裡面抽出小紙條，上面寫著：我的乖孫，外公非常非常高興呀！雨晴將鴿子放回籠子裡，給牠穀粒和水，口中不停地說：「鴿子好乖喲！我和外公都會十分十分愛你呀！」

一個晴朗的星期天早上，雨晴又和外公飛鴿傳書。到傍晚五時許，天空中沒有鴿子的蹤影，雨晴開始坐立不安，她急忙撥了一個電話向外公查詢。

「我在下午時分已經將鴿子放回去，但天色變得陰暗，好像快下雨了！鴿子最怕淋雨，翅膀濕了就飛不動呀！」外公開始擔心鴿子會遇到意外。

此時，颳起了風，風中還夾著涼涼的雨絲，這種天氣最不適合鴿子飛行。雨晴哭著告訴爸爸，她要到外面去找尋鴿子的蹤影。

「我陪你一起去找吧！」爸爸牽著雨晴的手，沿村路往田陌走去。

突然間，父女一起抬頭看著天空，一點黑影從遠處飛來，飛行路線也歪歪斜斜，忽高忽低的。

「啊！來了，飛來了！」雨晴興奮得大叫。

當鴿子看到主人站在那兒向牠招手，牠鼓足了力氣，用盡最後一絲力量揮動翅膀，向前飛，向前飛！鴿子翅膀一收，頭下腳上筆直地栽了下來。雨晴跑過去抱起愛鴿，一絲紅紅的黏液順著鴿子的喙緣流了下來。雨晴將鴿子捧在臉頰邊，眼淚一滴滴流下來，滴在鴿子的胸前。淚光中，雨晴彷彿看到鴿子輕盈的飛翔在藍天白雲間。

第七章 漁村風貌話當年

春回大地，鳥聲處處，山坡上的杜鵑花開得萬紫千紅，小路兩旁的木棉樹，枝頭上花朵開得鮮紅，到處生氣蓬勃。

早餐後，雨晴和家人一起到訪素有「港版威尼斯」之稱的大澳，欣賞香港漁村風貌，感受一下香港現存僅有但又快被遺忘的水鄉風情，看看原居民簡樸的生活百態。最重要還是讓舅母重返舊地，尋覓童年溫馨甜蜜的回憶！

他們乘坐港鐵到東涌站，再轉乘大嶼山11號巴士前往大澳，在終點站下車。車站旁有一大片長滿青翠灌木的泥灘，可以看到很多朝潮蟹和彈塗魚。在藍天白雲的襯托下，行人橋上漫步，享受清涼的海風，觀看人們釣魚的樂趣。

看到密密麻麻的棚屋和縱橫交錯的水道與一座座小橋，張小娟百感交集。

「我們乘搭舢舨，近距離欣賞棚屋。」程日朗與妻子手牽手前行。

小艇在水道中穿梭，棚屋建在漁村中央河道的兩旁，棚屋戶戶相連，部分通道更會穿過鄰居的客廳或廚房，造就了親近的鄰里關係，棚頭是漁民日常作息的地方，棚尾則用來曬鹹魚、海帶等。

張小娟仰起頭，眼睛望向兩旁的棚屋。此刻，那些陳年舊事又從回憶堆中鑽出來，猶如火花一般，在她的腦海裡閃現，過去的事情像動畫一幅幅展現在眼前。

「小心，不要爬到岩石上面，危險呀！」母親緊張地說。

「放心好了，站在高處可以看見爸爸和叔叔的船回來。」小娟身手敏捷，三步兩爬跳上岩石，她一隻手遮在眼睛上面眺望大海。

爸爸正駕駛著拖網漁船從大海中回航。

船靠岸後，兄弟兩人將魚和蝦從網中倒出來，用膠桶裝載，放在安裝了輪子和麻繩的木板上。他們吹著口哨，拖著滿桶子魚獲，走向漁村小屋。

「爸爸和叔叔回來了！」小娟聽見車輪擦地發出轟隆轟隆的聲音，她高興地跑出門外去迎接。

母親將飯菜端出來，一家人圍坐在桌前吃飯。

「今天的運氣真好！魚獲多，明天可望賣到好價錢。」爸爸希望為小娟儲蓄一筆教育經費，讓女兒多讀書，將來出人頭地，不用日曬雨淋，在風浪威脅的大海中去討生活。

飯後，爸爸用小刀把貝殼打開，原來裡面藏著一顆粉紅色的大珍珠。小娟拍掌歡呼，急忙伸開雙手，要爸爸把珍珠放在她手上。

「不是每一隻貝殼都蘊藏著珍珠的，這顆粉紅色珍珠是海洋賜給我們的珍貴禮物呀！」母親俯視小娟手中那顆珍珠，熱淚滴在臉龐上。

「這顆珍珠很值錢，如果賣掉它，可以為我們的漁船添置一些新的機器零件，在海上航行時會更加快捷和安全。」叔叔提出建議。

「不要賣掉它，我要保留它。」小娟將珍珠捧在懷裡。

中秋節，爸爸答應早些回來，一家人團圓賞月。日落西山，仍未見漁船歸航，小娟在屋前屋後走來走去，疲倦了，她伏在沙發上休息。矇矓間，小娟彷彿看見爸爸和叔叔的船正向岸邊駛來。忽然，海面刮起大風，海浪拍打岩石，漁船左邊撞向岩石，海水濺入，機器被海水弄濕，馬達失靈，不能再啟動。爸爸站起身來，嘗試去修理機器零件，怎料，船身傾斜，爸爸站不穩腳，被拋出船外。

「爸爸……爸爸……」小娟失聲哭叫。

「小娟、小娟，你怎麼啦！」一隻溫暖的手輕按在小娟的肩膀上。

小娟張開眼睛，望見母親關懷的目光，她急忙跑出屋外，看見爸爸和叔叔正蹲在門前清洗漁網。小娟撲向爸爸懷裡，那含在眼中的淚珠，沿著面頰滾下來。

「傻孩子，爸爸遲了回來，你也不用哭呀！」

「我剛才做了一個惡夢，很可怕的！」

「你賣了它吧！」小娟將粉紅色的珍珠放在爸爸手上。

「你不是想保留這顆珍珠嗎？」

「爸爸的漁船要更換舊零件，叔叔說添置新的機器零件會令航行更加安全和快捷的。你和叔叔捕魚平安回來，便是給我最好的禮物了！」小娟向爸爸眨眨眼，笑著說。

第八章 尋幽探祕郊遊樂

方雨晴在黎明的陽光中醒來，望見窗外明亮的綠和滿天澄淨的藍時，她想起相約了表哥和幾位酷愛大自然的兒時玩伴到野外郊遊遠足。

萬里無雲，碧空如洗，一行五人浩浩蕩蕩出發。首先選擇位於上水河上鄉的一片淡水濕地(塱原)去親親大自然。

塱原位於新界北區，是雙魚河及石上河匯聚之間的一片三角形土地。塱原本來就是這兩條河流沖積而成的洪泛平原，當初新界侯族先祖選擇於河上鄉立村，相信是被塱原的肥沃土地所吸引。

居石侯公祠始建於明朝末年，是傳統的三進兩院式建築，也是村民祭祖和舉行傳統儀式的場所。居石侯公祠正面的鼓台與門框均以紅砂岩建造，祠堂屋脊有精緻的灰塑裝飾，建築物內外所雕刻的吉祥圖案及民間故事，也極為細緻華美。

踏著輕快的步伐，沿著雙魚河旁的石砌小路漫步，橫越雙魚河上的石橋到達塱原農田。廣闊的農地，有旱地和濕耕農地，栽種不同的農作物，旱地長滿蔬菜和果樹，濕耕農地種有通菜和西洋菜。他們沿著田陌小徑向前走，一片片青綠的農田，像一望無際的碧綠彩帶般向蔚藍的晴空伸展，滿眼翠綠，景色怡人。那些蔓延在田埂路畔的野花盛放，吸引蝴蝶在花間飛舞，利用望遠鏡又可一睹鳥兒的廬山真面貌與展翅風姿。

水溝和沼澤隨處可見，灌木叢生，小蝌蚪在水中自由暢泳，還有無數福壽螺佔據大部份沼澤地區。福壽螺原產於南美洲亞馬遜河流域，是一種軟體動物，由於成長速度快，在許多國家視為入侵物種及農業害蟲。福壽螺的貝殼短圓右旋，殼面光滑而且多呈金黃至深褐色，主要喜歡吃幼嫩的植物，對水邊植物危害很大。福壽螺產卵的地方是在水面之上，通常沿著植物的莖葉放置粉紅色的卵，逃避水中魚類的覓食，確保卵不被傾滅。

回程路經最出名的河上鄉任食豆腐店，他們坐下享用美食，暢談童年趣事，生活近況！

「下一站往甲龍郊遊徑，到甲龍石澗尋幽訪勝。」隊長鄭子健提議。

「首先經雷公田往甲龍林徑上山，再在甲龍古道下山回到雷公田，中間會經過甲龍石澗。」弟弟鄭子傑介紹行程。

「可以回到我兒時居住的雷公田村附近遊覽，追尋童年的夢真好！」方雨晴拍掌贊成。

「甲龍古道」因甲龍村得名，是香港其中一條歷史悠久的古道，是古時八鄉石崗一帶務農人士往來荃灣市集的必經之路。郊遊徑每一級都是由花崗岩砌成，加上吊鐘花、海芋、宮粉羊蹄甲、木棉及象牙花等植物，更為四季添上各自的特色。「甲龍林徑」是位於大帽山之西的一段山坡，可以往來雷公田與荃錦公路近大帽山道之間，山徑大部份都是平坦及暗斜，而且林蔭處處。

「甲龍石澗」位於雷公田及甲龍郊遊徑中，石澗時而幽暗，時而開揚，令人有探祕和驚喜萬分的感覺。瀑布連接水潭，水流急速，頗有驚奇之勢。甲龍石澗位於轆牛嶺東面，與清潭石澗合稱「轆牛雙澗」，流經甲龍村，再經雷公田匯入錦田河，以往是村民耕種的重要水源。

他們從荃灣出發，乘坐51號巴士前往，在雷公田站下車。

鄭子健帶領同伴沿雷公田引水道前往甲龍林徑的入口處，

進入石澗後，澗床鋪滿大大小小的石塊，可以不涉水而在石上游走。

「二哥在練習梅花樁的腳步呀！」看見鄭子傑在石上跳躍，鄭彩雲笑著告訴方雨晴。

「小心滑倒！」鄭子健告誡弟弟。

沿著澗道向上走會經過甲龍村的橋樑和村屋，之後澗道隱藏林蔭中。走十多分鐘後，他們去到甲龍石澗第一大潭，水深過腰，旁邊有又大又平坦的岩石可供歇息。潭邊瀑布流水泊泊，風景優美，置身山谷之間，靜聽流水淙淙，看那水波映照陽光，令人忘卻凡塵俗事，心境變得平和愉悅。

他們繼續向前走，澗道地勢變得陡峭，瀑布一個接一個，每個瀑布形態各異，另有一番清幽雅致。當到達第二個大潭時，潭頂明顯是左右分源，左邊就是甲龍左澗，右邊是主源。沿主源上溯便進入林蔭區域，澗道兩旁樹木參天。

子健和子傑兄弟兩人領先穿過壓在澗面的植物，沿水行走，兩個女孩子走在中間，思俊則走在後方。

前有直角灣，灣下有一水池，池後是一個潭瀑，澗道滿佈藤蔓。

彩雲一不小心，被藤蔓絆倒，險些跌落水中，思俊急速從後將她扶起。

「表哥英雄救美！」雨晴拍掌歡呼，彩雲紅著臉輕打雨晴的手臂。

接回澗道，要下降不足兩米的直崖位，幸好崖中有足夠腳踏位置。但對雨晴仍具挑戰性，她畏高不敢攀越。

「你選大哥還是二哥幫手，大哥細心二哥靈活。」彩雲呵呵大笑。

子健從背包取出登山輔助繩索，扣緊在雨晴腰間，繩索兩端分別由子健和子傑在崖上及崖下抓緊，方便雨晴從崖中腳踏實地走下去。

大水潭後有階級狀瀑布，彷如人工園景一樣，左邊山坡就可以見到甲龍古道。出山澗後回到古道繼續行走，可以到附近的甲龍古道生態園遊覽。沿甲龍郊遊徑下山，回到引水道，不遠處就是雷公田的農場士多。

「行完山後吃特別感到滋味無窮！」思俊慢慢品嚐手中的墩奶。

「我們不知何時再有機會一起遊山玩水？」彩雲感嘆著。

「是呀！表哥很快要和舅父母返回加拿大。」雨晴想起童年時他們結伴同遊的樂趣。

「有緣始終能相聚！」子傑笑著說。

「機會是自己去找尋，時間也是自己去安排的。」子健若有所思地說。

「是的。如果你們到加拿大旅遊，要通知我呀！」

第九章 一起走過的日子

季節已過了白露，晝短夜長，清晨六時，整座城市還籠罩在一片淡淡的白霧裡。

方雨晴提著沉甸甸的公事包上班，辦公桌上，文件堆積如山，她必須從紅色的「急件」旗海中抽取當天一定要完成的文件個案。雨晴埋首電腦前，十指靈活地在鍵盤上飛舞，一封封擬備好的信件從打印機中吞吐出來。她在信件左上角夾附「文件待簽」的標貼，送到周經理的辦公室內。

下午，投訴科電話急召，查詢文件延遲批署的因由，文件是雨晴在七天前已經擬備好，放在周經理桌上「待簽」的「急件」。周經理坐在經理室內談笑風生，時常吞雲吐霧，卻抽不出時間去簽發「急件」。每次，都是這樣子的，當被責問的時候，周經理總會將責任推到雨晴身上。一塊一塊的重鉛壓在雨晴心頭上，她忍不住了，氣憤地跑到人事科去伸冤。

「你想投訴我嗎？證據呢？高層會相信你這個無名小卒的說話嗎？你職位低微，被罵不許吭聲，黑鍋自己去揹。忍不住的話，就自動辭職吧！」周經理不屑地說。

「我們都是公司的職員，不可以得到公平的對待嗎？」雨晴憤憤不平。

「如果不想受別人的氣，有本事就爬上高位吧！」玻璃門「砰」的一聲被關上。

新近調來一位男主管，為人樂觀風趣，凡事親力親為，每天忙得團團轉，面上仍掛著親切的笑容。出入口兩位主管敵視新主管，暗中與擦鞋王合謀，將工作程序混淆，希望新主管「揹黑鍋」，周經理也故意排斥他，時而冷語嘲諷。

「怎會是你？」方雨晴認出新主管正是自己的朋友鄭子健。

雨晴對周經理他們的所作所為感到憤慨，只得盡力協助子健，將自己的工作經驗與子健分享，一起去克服困難。雨晴變成周經理的「眼中釘」，他專在「雞蛋裡找骨頭」，找尋機會辭退雨晴。

公司週年聯歡午宴上，司儀拿起咪高峯，邀請董事長致詞，接著，又邀請新任總經理上台。

「這位就是你們的新任總經理鄭子健先生。」

同事們都驚訝萬分，周經理和出入口兩位主管面色蒼白，冷汗從額角流下來。

方雨晴的眼睛裡飄過了一層輕霧。

傍晚，淡淡的陽光灑在咖啡店那面玻璃窗上。窗外是熱鬧的馬路，熙來攘往的人群聲、汽車聲，世界是多麼瘋狂地轉動著。那些蹦跳的噪音，被淡紫色的厚玻璃暫時隔開，方雨晴和鄭子健對坐著，享用香濃的咖啡，品嚐美味的糕點。

「你在研究我嗎？」子健笑著問雨晴。

「不錯。」

「有什麼發現？」

「像一本難讀的書。」

「每個人都是一本難讀的書，你也是，你絕不像外表那樣單純，你該有屬於自己的煩惱、哀愁和快樂，對不對？每個人都一樣，假如你喜歡去研究別人，你會發現許多意料不到的東西。我們活著就像釣魚一樣，不是釣魚就是被釣，不論是釣魚還是被釣，機緣都是最大的因素。」

「成長是一件苦事，去瞭解許許多多的事是不容易的，事實上，誰又能瞭解呢？」雨晴感嘆著。

「問題不在於瞭解，只在於如何去接受。有的時候，我們是沒有辦法的，我們只能接受事實，儘管不瞭解。因為人的世界就是這樣，你不能用解剖生物的辦法去解剖人生，許多事情是毫無道理的，但是你不能逃避。我們能夠在同一部門內工作是機緣！對嗎？」子健溫柔地說。

第十章 溫馨故事存心裡

週末，鄭子健相約方雨晴到南丫島遊覽。

南丫島位於香港島的西南方，是最接近香港島的一個外島，面積雖大，但島上的平地很少，大部份都被滿佈亞熱帶林木的低矮山嶺所覆蓋，人口較稀疏，居民多集中於西北部的榕樹灣及中部東側的索罟灣。南丫島的恬靜氣氛吸引了很多文人雅士和藝術家前來居住，可以避開都市的喧囂，專心創作。昔日，島上居民大多數靠養殖漁業及在小面積的土地上從事農業以維持生計。

早年前，人們曾在這裡考古，發現了古老的文化遺址，如今十多個原居村落，仍然保持著傳統的鄉村風貌。小徑、村屋、漁家、漁排，滿眼翠綠景色，棕櫚樹、香蕉樹和農田菜園，自然純樸，古趣盎然，環境十分優美。

他們從榕樹灣沿村後的小路上山，觀賞小島漁村、海灣和沙灘的美麗風景。陽光在水面閃著萬道光華，幾片白雲從明亮的藍天上空輕輕飄過。

「清晨的田野，正午的濃蔭，黃昏的日落，潺潺不斷的流水，在田野上奔跑，溪邊涉水，湖畔尋夢，都非常吸引住我，迷惑住我。」雨晴像個小女孩般在山徑小路輕跑。

看著雨晴天真的笑臉，子健似尋回昔日童年的夢。

鄭子健和弟弟鄭子傑背著書包，蹦蹦跳跳地走回家。他們經過路旁一棵榕樹前，一隻小狗從榕樹下走出來。子健走近小狗，輕拍著牠的頭，小狗伸出舌頭舔舔他的手背，搖動尾巴，子健把牠抱回家去。

媽媽看見小狗，怒容滿面：「樓宇內不准飼養狗隻，況且狗隻又會四處亂走，弄髒地方，明天把牠送交防止虐畜會吧！」

趁著媽媽外出買菜的時候，子健寫了一張紙條放在桌面，拿了手提電話，把小狗放在藤籃內，就和弟弟一起外出，乘坐巴士到新界外婆家去。

兩人在車上睡著了，過了站頭才起來下車。

「快打電話叫外婆來接我們。」子傑催促哥哥。

「外婆不在家，沒有人接電話呀！」子健急起來。

他們邊走邊找尋外婆的家，天黑下來，他們非常驚慌，又不敢致電回家，恐怕媽媽責罵，弟弟的眼淚不爭氣地流下來。

「小朋友為什麼在這裡哭泣？你們還不快些回家！」中年婦人牽著小女孩經過。

「我們來找外婆的，但迷了路。」子健嗚咽地說。

「這樣吧！我帶你們去找外婆。」

中年婦人帶領小兄弟來到一家木屋前，一位老婆婆正在門庭打掃著。

「你們真大膽，竟敢獨自跑到新界來找外婆。」

「我們想把小狗送給外婆看門口。」

「凡事要和大人商量，不可自作主張，記住以後不可獨自離家，很危險呀！」外婆摸著兩兄弟冰涼的臉頰，柔聲而嚴厲地說。

「你在想什麼？」方雨晴轉過頭來，看見鄭子健在山徑緩慢地走。

「我在回憶起我們初次的相遇！」

「初次的相遇？」

子健將童年往事告訴雨晴。

「你的腦海裡裝滿了回憶。原來當年媽媽幫了兩個迷路的小男孩！」

「這一份恩情我會一輩子銘記！小男孩長大了，要保護當年恩人身旁的小女孩呀！」

看著子健溫柔的神情，雨晴凝望著他，低聲喃喃自語：「你別這樣啊！我會愛上你的。」

在島的另一端索罟灣，有很多露天海鮮餐廳和大排檔，遊人可以享用新鮮又便宜的海鮮。既可遠眺海灣風景，又可以品嚐當地居民自製的鳳凰蛋卷、肉鬆卷、椒鹽白飯魚、銀蝦醬，以及充滿鄉情的山水豆腐花，薑汁撞奶等美味小吃。

第十一章 圓圓明月高天掛

中秋佳節，子健相約觀燈賞月，雨晴自然樂於陪伴。

晚飯後，他們漫步平台花園，看見孩子們拿著花燈到處奔跑，感受到節日的歡樂。兩人閒坐石椅上，抬頭望見玉白渾圓的月亮高掛晴空，笑盈盈地照臨大地。近處幾戶人家圍坐在石桌前，將月餅、各款水果、花生等食物擺放在桌上，一邊吃一邊賞月，闔府歡樂，真是人月兩團圓！

望著醉人的月色，子健提議往郊野公園去。汽車沿著高速公路駛去，再轉入羊腸小徑。子健將汽車停泊好，他們踏月而行。本來寧靜幽暗的郊野，今夜卻異常熱鬧，兩旁林木掛滿花燈，草地空隙處被小小燭光圍成一個圓圈，賞月人士閒坐在中央，沐浴於銀白的月色下，享受晚風吹拂之樂。月夜漫步，充滿詩情畫意，雨晴輕靠在子健的肩膀上，子健緩緩地伸手將她擁入懷中。

「圓圓明月照天上，點點燭光亮樹下，一年容易又中秋，祝願世間享安康！」雨晴興緻勃勃，題詩記趣。

「燕語鶯歌明媚春，蝶舞花間綠蔭夏，籬菊紅葉爽朗秋，臘梅白雪嚴寒冬。」雨晴詩意正濃。

「生命的四季每個人都要自己去走，走過的路，歡喜也好，痛苦也罷，都是無可替代的珍貴經驗。秋天會過去，寒冬會來臨，春天也就不遠了。很多事情就像季節一樣，翻一頁就成過往。」子健輕聲說著。

「小時候，我曾經跟隨警長表叔到鄉村山區偵破奇案。」子健神秘地笑。

「什麼奇案？」

「追查一宗學生食物中毒的罪魁禍首。」

「發生了什麼事？」雨晴緊張地問。

「學生吃過學校小食部裡的麵包蘸蜜糖後就臉色青紫和手腳抽搐，化驗結果所得的結論是：麵包新鮮無變質，蜜糖新鮮也無變質，但蜜糖卻含劇毒物質，劇毒物不詳，但蜜糖內含的劇毒與人中的劇毒物質一致。表叔到各大商店搜查與學校小食部相同牌子的蜜糖，拿去化驗，結果顯示蜜糖中也含有劇毒。資料顯示蜜糖是從某個山區蜂蜜收購站買回來的，而每樽蜜糖都印有檢驗合格的標誌，警長表叔決定親自去調查真相。」

「你怎可以跟隨警長去查案？」雨晴疑惑地問。

「我是偵探小說發燒友，終日夢想破奇案，剛巧放暑假，媽媽讓表叔帶我去見識一下。」

星期日早上，陽光普照，子健背起自己的小背囊，跟隨警長表叔去查案。

經過幾個小時的車程，村落漸漸不見了，道路消失了，除了紮著帳篷的養蜂人家，再也看不到人煙。他們下車向前走去，天上有朵朵游動的白雲，地上卻是茫無邊際的野草。

「表叔，前面草叢下有一窩鳥蛋呀！」子健走上前去看。

「快跑！這是一窩蛇蛋。」警長只看了一眼，就馬上喊叫。

子健第一次聽說蛇還會下蛋，嚇得躲到表叔身後。

一條大花蛇爬了過來，表叔揮舞著手中的軍刀，衝著蛇示威，大花蛇把頭高高翹起，火紅的信子飄動著，怒氣沖沖望著他們。當看出他們無意傷害牠，又看到窩裡的蛋一個也不少，蛇才安靜地盤成一圈，把所有的蛋緊緊孵在身下。

「好險呀！」子健驚惶未定，緊握著表叔的手臂，一步一步離開草叢。

他們沿著小徑走，漫山遍地都是豔麗的花朵。不遠處，一位老伯把一個一個養蜂的箱子搬上車，預備離開。

「你為什麼不在滿山都是花的山坡地放蜂呢？」警長向老伯詢問。

「這種花叫斷腸草花，每逢七月開花，如果誤入口中，會令你肚子非常疼痛，好像腸子也斷了一樣。」老伯說出事件的嚴重性。

「難怪你不在此地放蜂！」警長好像明白老伯要將蜂箱遷移其他地方的原因。

「幾年前，山區一些年輕的養蜂人不懂事，七月在這個山區放蜂，蜜蜂採花釀蜜，結果，有人吃了這些斷腸草花釀成的蜂蜜腸痛至死，年輕的養蜂人也被逮捕入獄。」老伯回憶往事，無限唏嘘。

「無知真的是害人更害己！」警長搖頭嘆息。

「學校小食部的蜂蜜是否這些斷腸草花所釀成的呢？」子健眨眨眼睛，仰起頭來問表叔。

「想不到學校食物中毒的罪魁禍首不是人，而是誰也猜不到的蜜蜂。」

「是否要逮捕那些蜜蜂呢？」子健天真地問。

「罪魁禍首雖然是蜜蜂，但幫兇卻是人，蜂蜜收購站的食品衛生檢查員疏忽職守，讓有毒的蜂蜜漏檢並流入市場，造成嚴重事故，因此，他們也難辭其咎。」警長終於查出事情的真相。

「你不僅可以偵破奇案，更是一位出色的偵探小說作家呀！」雨晴呵呵大笑。

第十二章 漫步人生路

一陣鈴聲把程思嘉從睡夢中驚醒，她揉了揉惺忪的睡眼，走進浴室，讓水從花灑迎頭沖下，腦袋總是昏沉沉的。這陣子，她總愛逼自己睡覺，直至睡得頭昏腦脹才起來，睡眠真的是逃避現實的良方？她又把紫色睫毛液往長長的睫毛刷去，讓紫色睫毛液把憂鬱帶進眸子裡！

人站在地上，面對燦爛陽光，背後卻偏要拖著黑影走，人生有多少光明面就會有多少黑暗面！她不是找不到春天，只是不敢伸手去擁抱春天，任那春天滑過自己的眼簾，只敢用雙眼去留住春天的身影，陪伴自己渡過炎夏、悲秋，還有寒冬。那年，二十年華，她有大好青春歲月可以揮霍，黃毛丫頭認識男人可以沒有原則。

程思嘉在許東尼的派對上認識了董浩輝。他是一位工程師，高大、英俊、年青有為、風度翩翩，卻獨對思嘉垂青。整個晚上，他與她共舞。思嘉是一個十分嚮往浪漫的女孩子，她認為戀愛一定要有夢，婚姻一定要有愛情。往後，他們約會數次，每次都令思嘉感到無限溫馨。五個月之後，他向她求婚，他們就閃電般決定了婚期。

蜜月過後，思嘉又要面臨決擇，正是悲喜參半。喜的是能夠與愛侶共渡此生，悲的是要離開至愛雙親和弟弟，遠走他方。事緣浩輝的家人在溫哥華，他的事業也建基於彼邦，在香港只作短暫逗留。

機場送別的時候，思嘉熱淚盈眶，萬般感觸湧上心頭！

「我們在加拿大定居後，再入紙申請你的父母和弟弟來溫哥華居住，家庭團聚很快批准的！」浩輝安慰她。

「不要擔心我們，你到浩輝家要孝順奶奶，做個好媳婦！」張小娟輕拍著女兒肩膀說。

「我會陪伴和照顧爸媽的。」程思俊握住姐姐雙手。

「我將女兒交給你，你要好好愛護她呀！」程日朗拍拍浩輝肩膀。

航機到達溫哥華時是清晨六時，浩輝帶著思嘉直奔他們的新居，樓房是兩層式的獨立屋，屋的前後有一個大花園。他們放下行李後，浩輝隨即帶思嘉去見自己的母親。

「這就是你新娶的妻子吧！」浩輝的母親六十多歲，只管向思嘉上下左右審視一番，態度冷淡。

思嘉只感到渾身不自在，想起母親的叮嚀，硬著頭皮也要溫柔地向她問好。

「我似不受歡迎！」思嘉向浩輝傾訴。

「媽不拘小節，相信你們可以融洽相處。」浩輝邊說邊將房子收拾一下。

清晨，思嘉正酣睡，一陣驚天動地的鬧鐘聲把她吵醒。浩輝要趕往上班，思嘉只得手忙腳亂地弄早餐，多士烤焦了，雞蛋又煎破了，她後悔從前沒有向母親學習廚藝！

星期天，奶奶及兄嫂們要來吃飯，思嘉下定決心，買了烹飪書，實行洗手作羹湯，七手八腳做了幾道小菜，款待他們。誰知奶奶只管說她的烹飪技術差，連浩輝也吃得匆忙，對她千辛萬苦做出來的菜並不置評。思嘉感到又累又失望，還要對付飯後那一盤子的杯盤狼藉。想起未嫁時，媽媽照顧週到，那用她動手做家務，一陣酸意湧上心頭，眼有淚光。

日子天天過，每天有燒不完的飯，洗不完的碗，熨不完的衣服，掃不完的落葉，婚姻生活竟是這般瑣碎乏味。浩輝的表妹許美儀變成家中常客，奶奶又對她讚不絕口，說她溫柔美麗，廚藝超卓，是好媳婦的最佳人選，可惜是浩輝走了寶！

平淡的婚姻竟危機四伏，浩輝只懂埋首工作，連夫妻交談的時間也罕有，思嘉感到委屈無助。一天飯後，浩輝放下碗筷，就打開公事包，拿出文件放在書桌上，思嘉對著一堆髒碗碟忽然失控起來，一手抓起一隻碟子，就往地上摔，碟子碎了，她的夢也碎了！

浩輝莫名其妙看著她問：「甚麼事？」

「我忍無可忍了，我忙得跟狗一樣，你回來只顧你的文件。」思嘉叫嚷著。

「你只懂亂發脾氣，也不體諒我工作辛勞，我整天博殺，只想積穀防饑！」

思嘉賭氣走入房間，夫妻間冷戰了好一回。

第十三章 只緣身在此山中

程思嘉懷抱破碎的心靈，獨自背起行囊跑到黃山去，暫避塵緣的困擾。

班機抵達杭州已是夜深，穹蒼上月色皎潔，映著地上一望無際的白沙，彷彿一條靜靜流淌的河流，看似平靜，卻又暗藏洶湧。車子在夜色中馳騁，揚起陣陣沙塵，經過約八小時顛簸旅程，到達素以奇松、怪石、雲海、溫泉見稱於世的黃山，夜宿溫泉賓館。

曙光初露，思嘉僱了一位登山導遊小張，從雲谷寺出發，登上黃山。沿途滿眼翠綠，怪石嶙峋，形狀各異卻栩栩如生。約三小時行程，抵達北海賓館。賓館右邊是散花精舍，舍前有散花塢，塢中可遙望「夢筆生花」、「筆架峰」等巧奪天工的怪石。稍事休息後，踏上雲霧繚繞的石階路，繼續行程。

思嘉望著寂靜凝固的山，看著變幻無常的雲，眼前一切景物若隱若現，似仙界又如夢境。她陷入一陣迷惘中，腳兒酸軟無力，差點兒滑跌。

「小心！」一隻強有力的手臂迅速把她扶穩。

「山徑的左方是懸崖，我們得格外留神呀！」小張認真地說。

他們到達建於群山峭壁之間的玉屏樓時已近黃昏，門前的「迎客松」正展開雙臂，迎接遠方的來客。飯後，思嘉獨坐石上靜觀晚霞。

「天階夜色涼如水，坐看牽牛織女星。」七夕天上牛郎織女鵲橋相會，那料人間卻是勞燕分飛。思嘉幽幽地嘆氣！

「我希望你旅途愉快！假如有甚麼不如意的事，可否說給我聽？我辦到的，一定盡力幫忙。」小張不知何時站在思嘉身旁。

「謝謝你。」思嘉掩飾著：「我沒事的。」

「我看你似有心事，你經常陷入苦思，你以為我看不出來？」小張關心地問。

小張是一位非常盡責的登山導遊，他關心遊客的旅途安全，更關心遊客的身心愉快！短短數天相處，小張對思嘉照顧週到，恰當安排行程。思嘉對這位文質彬彬的導遊先生心存感激，萍水相逢也是人生的奇異相遇。

入夜時分，忽然刮起狂風，本來澄明的夜空，被烏雲擾亂了。獨處斗室，思嘉卻未能成眠，漆黑的夜空被電光間歇地照明了。接著是雷聲劈啪，山風怒號，雨如缺堤般從天上直衝下來。劈瀝雨聲，有節奏地打在窗格子上，像要譜出雨中進行曲。

「把門窗關好，如有需要，隨時找我吧！」小張溫柔的聲音透過電話傳進來。

「空山新雨」似清溪流泉，盡洗心內煩濁氣，紊亂的思緒似被撥亂反正，思嘉的心情舒暢多了！ 風雨過後，漫山翠意盎然，沿途山花爛漫，小黃花正迎風擺動舞姿。

思嘉心情開朗，腳步輕快，迎著涼風颯颯，沿著小徑石階路往山下走。

「旅程即將結束，看到你面上掛著的笑容，我感到欣喜。」小張親切地與思嘉握手道別。

「我的家人住在山腳下的小屋子裡，靠務農為生。我卻似一隻飛鳥，今天停留在這個驛站，明日又會棲息於天邊那朵白雲上。」小張微笑著說。

「人們的世界多麼奇怪，從世界各個不同的角落裡，人們相遇、相聚，然後就是分離，整個人生，不過是無數的聚與散而已。」思嘉愜意地深呼吸一口山上的清新空氣。

第二天，天還未亮，程思嘉召喚計程車往機場。換了登機證後，距離登機還有點時間，她去買了一杯美式咖啡，握在手心裡，熱咖啡的溫度傳遞過來，冰涼的手心慢慢變得溫暖。清晨的候機室，人還很少，從落地玻璃窗望出去，停機坪裡晨光微弱，還有暖黃的燈光照射著。

登上飛機，她裹著毛毯，戴上眼罩，就睡了過去。她睡得很不踏實，迷迷糊糊地做了很多亂七八糟的夢。夢中依稀看到自己返回家裡，在外按動門鈴，良久，沒有半點回應，她用鎖匙把門開啟。

一天，兩天過去，浩輝音訊全無。

飛機抵達溫哥華時已是淩晨，思嘉上了計程車往醫院。

「去探望病人？」司機從後視鏡裡看了她一眼，問道。

她「嗯」了一聲，閉上眼睛，阻止了試圖繼續交談的司機。

程思嘉真的是非常疲倦了，飛機上睡不安穩，在計程車上倒是睡著了，到了目的地，還是司機叫醒她。付了車資，思嘉背起行囊走進醫院大門口，依循著指示牌找到了住院部。

已經過了探病時間，從正門進去肯定會被值班護士阻攔，思嘉推開了樓梯間的木門，一層層走上去，來到三樓病房門外。她看了一眼緊閉的房門，再沒有猶豫，抬起手推開房門。

病房角落裡的落地燈調節成最適合睡眠的光線，暖黃的燈光柔和得像是進入了卧室，而不是病房。思嘉輕輕走到病床邊，病床上的人，面色蒼白，嘴唇緊抿著，似乎睡得很不踏實。

不知坐了多久，她看到浩輝的眼睫毛輕輕地顫動，然後他緩緩睜開了眼。他看著她，眼神很迷濛，像是沒有睡意，又像是夢遊人的神色。他看了一會兒，忽然伸出手想要觸碰她的臉，卻又停住了。片刻，他露出一個似開心又有點哀傷的笑，夢囈般帶點沙啞的聲音說：「又做夢了嗎？」

第十四章 珍惜眼前人

初升的朝陽灑在董浩輝的眼角眉梢，橘紅的光線照著他滿臉的疲憊，他從矇矓中醒來，微睜開眼，只見一室光明，還有冷氣機的聲音，輕掩的房門外，護士們的談話聲，走動聲，他又回到現實來。

昏睡了十幾天，再睡下去，浩輝真怕自己反應都變得遲鈍。他從床頭櫃的抽屜裡掏出一個文件夾，翻看起來，這是他讓秘書偷偷帶進來的。

母親王秋婷走進病房的時候，看到浩輝正專注地埋首在文件上，她走到窗邊把窗帘拉開，明亮的陽光照進來。董浩輝抬頭去看，被突如其來的強光刺得眯了眯眼，眉頭深瑣。

「醫生說你需要曬曬太陽，多呼吸新鮮空氣。」母親走到床邊，將浩輝膝蓋上的文件取走。

「我帶了你最喜歡吃的牛肉粥，還蒸了小籠包，快趁熱吃吧！」她轉身去拿放在茶几上的食物盒時，才看見上面放著的保溫瓶。她擰開，一股濃郁的香味撲面而來。

「是美儀帶來的？」母親讚不絕口：「好香啊！看你表妹的廚藝真是了得！最重要是她的心意更難得，想必是她昨晚熬夜煲給你的。」

「別吃粥了，喝雞湯吧！」她倒出一碗湯，端到浩輝面前。

浩輝不接，說：「把粥給我。」

「雞湯更有營養。」

「我想喝粥。」

母親將碗送到他嘴邊：「這雞湯還放了中藥材，對你身體好。」

浩輝下意識伸手一擋，提高聲音說：「我說我想喝粥！」

「你真是不知好歹！看你那個不懂廚藝，又不懂珍惜你的女人，只會亂發脾氣，現在還不知跑到那裡去風流快活。」

母親離開後，浩輝躺臥在床，腦海浮現起思嘉的影像來。昔日兩人一起走過的路，有泥濘的小路，也有陽光普照的大道，黃昏赤腳走過沙灘的一雙足印。往事像夜空中一顆小星星，突然閃亮了一下，又黯淡下去；歲月又似長長的列車，一切景物都在車窗外向後倒退倒退。

程思嘉輕輕推開病房門。

「出去！」冷冷又不耐煩的聲音迎面砸來。

她愣了一下，然後走進去。

「我不是說了我不喝……」聲音戛然而止。

時間忽然靜止了一般，浩輝臉上不耐煩的神色被凍止，他仰起頭望著幾步之遙的身影，怔怔的。良久，他忽然閉了閉眼，再睜開，手指狠狠地掐了下掌心，一絲痛意傳來。窗外是明亮的陽光，鋪天蓋地灑進來，光影中，那身影依舊佇立著，沉默地望著他。

原來，那晚在病床邊所見的身影，不是夢。

「思嘉，是你嗎？你真的來了！」浩輝眼角閃著喜悅的淚。

「如果早知道你有心臟病，我也不會留下你獨個兒在家裡……。」思嘉拿著丈夫的驗身報告，默默地流淚。

「我還未走到生命的盡頭，蠟燭也未燒完，總會等到和你相見的時候。」浩輝柔聲說著。

思嘉眼眶濕濕的，她將面頰貼近浩輝的腔膛，靜聽心房發出規律的聲音，那將是世上最美妙的樂曲。

第十五章 良辰美景樂共享

兩個月來，浩輝住在醫院裡，很多很多個難熬的時刻，都是思嘉在身邊鼓勵與陪伴。

「醫生說我恢復得比預算中的還要好，明天可以出院了！以後你就是我的貼身看護呀！」浩輝張開雙臂，將思嘉整個人擁抱住。

「我是烹飪白痴，將來怎樣為你烹調美味佳餚？」思嘉苦笑著。

「我會。」

「你真的會？」思嘉驚訝了。

「我們去超市買菜做飯，你想吃什麼？任你點！」

「你什麼都會做？」

「會。」浩輝毫不猶豫地點頭。

「謙虛點，懂不懂？如果我點的菜你不會做可就丟臉了。」

「就算不會，上網找個食譜看一眼就會了，不是什麼難事。」

「我想吃酸辣雞丁、黑椒牛柳、清蒸海上鮮、蝦仁炒蛋……」思嘉哈哈大笑：「開玩笑的，我又不是豬，不用吃那麼多！你做你最拿手的吧。」

他們買了滿滿一購物車的菜和水果。回到家，浩輝休息了一會兒，就進入廚房預備午餐。

「需要幫忙嗎？我不會做菜，但洗菜是沒有問題的。」

「不用，你等著吃吧！」浩輝專注地處理手中的魚。

思嘉走開了，過了一會兒，她又走進廚房：「累不累？你站很久了！」她見浩輝額上都出了汗。

「沒事。」浩輝轉個頭來說。

思嘉倚在廚房門邊沒有離開，靜靜地望著他忙碌的背影，切菜的動作很熟練，真像是一個大廚。

窗外的陽光很溫和，廚房外面就是花園，玫瑰花開得燦爛，陣陣香氣吹進來。窗明几淨，陽光、清風、花香，一個認真做菜的男人，真像是一幅畫。

「你在看什麼？」浩輝轉身遇見思嘉凝望的眼神。

「看你。我想偷師。」

思嘉看著端上餐桌的菜，吞了吞口水說：「哇！大廚手藝呀！」

浩輝做了清蒸鱸魚、黑椒牛柳、腰果雞丁、醬爆蝦球，還有木瓜豬展湯，色澤漂亮，賞心悅目。

「你專門學過做菜？」思嘉問。

「沒有。我媽媽做菜的時候我在旁邊看過兩三次。」

「就這樣？」

「是的，就是這樣。」

「也太厲害了吧！」

「上天賦予的。」

思嘉沒有時間去取笑浩輝不謙虛了，她忙著風捲殘雲地對付桌上的美食。

浩輝吃飯很慢，吃的也不多，桌上四餸一湯，大部分都進了思嘉的胃。她喝下最後一口湯，眯著眼坐在椅子上，滿足得好像一隻吃飽了的貓咪。

「吃飽喝足真幸福！你剛出院，又在廚房裡忙了那麼久，快去休息一會，我來洗碗。」思嘉微笑望著浩輝。

清理好碗碟，思嘉走進房間，看見浩輝疲倦地坐在床邊。思嘉蹲下身來，幫他輕輕按摩。

「你的手法熟練，可以合格做我的看護了！」

「我做飯做家務笨手笨腳，但跟按摩有關的技巧會學得又快又好。」

浩輝有點疲累，閉起眼睛躺在床上休息。思嘉將薄毯蓋在他的身上，自己輕步走出露台。

第十六章 桃花迎新歲

又到除夕倒數的時候，這個節日，是團聚的日子，充滿溫暖與歡笑。

窗外是飄飛的白雪，屋子裡燃燒著紅紅的壁爐，浩輝把摺疊的小桌子挪到壁爐旁，與思嘉相對席地而坐，吃薄餅、喝紅酒。思嘉晃著酒杯，喝一口酒，就滿足地眯起眼睛，好像人世間的快樂真是又簡單又純粹。愛如風，看不見，但到來時，那陣風如此輕柔，又如此強烈，從彼此的心間吹過。浩輝想到只要思嘉坐在他身邊，就讓他感受到家的溫暖。

客廳牆壁上的古老壁鐘，在午夜十二時會敲響十二下，思嘉盯著它指針的擺動，跟著它倒數。當最後那個「一」字時，新年的鐘聲響起，思嘉忽然偏頭吻在浩輝的唇上。那個吻很短，卻又似無比漫長。浩輝愣愣地看著她的臉從自己臉上移開，她帶來的溫暖，卻好像還停留在他的唇上。

「新年快樂，浩輝。」思嘉微笑著，眼睛亮如星辰。

「婆媳之間的問題，要從放低自己開始，因為奶奶不是母親，彼此生活習慣不同，不協調是正常的，學習諒解對方，相處並非一件困難的事。」母親張小娟的說話飄進思嘉的腦海裡。

「新的一年裡，我要嘗試和奶奶融洽相處，避免你成為我們中間的夾心人。」思嘉柔情地說出心底話。

「你不在這裡，你不在那裡，你在我心裡。」浩輝將思嘉擁入懷裡。

翌日，兩人帶備禮物到浩輝母親家裡拜年。

當兩人手牽手進入客廳時，浩輝表姨媽李秋桐迎上前，笑容滿臉給他們派紅封包。

「喂！你們別在單身漢面前秀恩愛好不好！」表兄許東尼在一旁叫道。

「你何時從香港返回加拿大？」浩輝高興地和東尼握手。

「我回家過新年，順道感受你們新婚的愉悅。」東尼笑著又說：「哦，你們結婚時還未給我包一個大大大的紅包，這叫什麼…… 媽媽？」他想了許久沒想起來，轉頭問母親。

李秋桐笑著說：「這啊，叫媒人紅包！」

「對對對！要給一個大大大的媒人紅包。」東尼伸手在空中畫了一個大大的圓圈。

「你怎麼不找個女朋友來，讓媽媽喝杯新抱茶！」

「浩輝迎娶了我的女同事，他要給我介紹一個女同事作補償呀！」

「預備吃新年飯啦！」浩輝母親從廚房伸出頭來說。

知道兒子愛吃海參，王秋婷清早起來，將海參倒入洗碗盆內浸泡，她又把冬菇一朵朵像花一樣放在盤子上。海參煲雞是新年飯必備的老火湯，還有海上鮮、白切雞、西蘭花拌鮑魚仔。

「佳餚靚湯，我們有口福了！」表姨媽讚不絕口說：「看你媽媽的廚藝超卓，有接班人嗎？」

「我有天賦的烹飪技能，可以盡得媽媽的真傳。」浩輝笑呵呵地說。

「我做飯笨手笨腳，可以負責洗碗碟和清潔廚房的工作。將來還要跟奶奶學習烹調技巧，將勤補拙，希望可以學到奶奶一兩成工夫就好。」思嘉輕聲地說。

第十七章 清風伴明月

窗外下著濛濛細雨，濕漉漉的春天又回來了。

個多月前，鄭子健接到公司人事部通知被調往加拿大總公司工作。

離別前，子健相約雨晴到附近的沙灘去欣賞七彩晚霞的黃昏。雨晴拾起一根枯枝，在沙上塗劃著兩個名字。子健拾起小石子，投向海中，濺起點點浪花。他們在沙上走過的足印，被潮水輕輕掃過，慢慢地隱沒。子健撥動浮起的沙堆，找尋在沙上貪睡的貝殼。

機場送別時，鄭子健那含情脈脈的目光令方雨晴依依不捨。

飛機在跑道上起飛，剎那間已衝入剛破曉的天空。鄭子健鬆開安全帶，慢慢品嚐空中小姐送來的早餐。從機窗往外望，天還是一片灰暗，太陽早躲進天幕裡，厚厚的雲層四處飄散。

深夜，雨晴返回住所，開啟電腦，收到子健送上的心曲：「在細雨紛飛的日子裡，我深深地想念你 ----。」雨晴平靜的心湖彷彿被微風吹過，泛起片片漣漪。

清晨，翠綠的田野上罩著一層霧氣，天空現出一片片玫瑰色，雨晴坐在青草地上, 架起畫板，執筆描繪著寧靜的南生圍晨景。

春日的陽光暖洋洋，她的心也開始暖起來，望著遠近的樹林，紅黃綠葉交織成一幅迷人的卷畫。一棵百年老桃樹正新花怒放著，忙壞了飛來奔去的蜜蜂蝴蝶們，雨晴專心地將眼前的美景一筆一筆搬到畫紙上。

「風景真美！」一把陌生的聲音飄進雨晴的耳膜。

「好久不見，你好嗎？」青年微笑著走近雨晴身旁。

「很高興見到你！」雨晴認出眼前人正是曾經在山澗救過她的青年。

兩年前，雨晴和好友芷恩相約到梧桐寨遊覽。途經一條山澗，澗旁開滿清麗瑩潔的薑花，芬芳撲鼻。雨晴欣喜若狂，她撥開野草，涉足溪澗，只希望能親手觸摸這一簇簇盈白的薑花。忽然，雨晴滑倒受傷，芷恩驚慌失措，狂呼救命！草叢中鑽出一位青年，他手執畫筆，正在描繪一幅薑花圖。

「什麼事？」被芷恩的聲音驚擾，他拋下筆捍，跑過來，幫忙將雨晴扶起。但雨晴扭傷了腳踝，她痛到眼淚也流出來了。

「你能夠走動嗎？」青年關心地問。

「我的腳很痛，站不起來呀！」

「我揹你下山吧！」青年彎下腰背。

「你怎能揹我呢？」雨晴猶豫著。

「試一試吧！」

雨晴只得攀緊青年的肩膊，青年竭力使自己站起來，一步一步的揹著雨晴往山下走。

「我祖父住在山腳的醫館內，他懂醫術，對跌打扭傷都可治療。我揹你到他那裡醫治，好嗎？」青年轉個頭來對雨晴說。

「你走不動，去給他祖父治療也是好的。」芷恩在旁附和著。

到達醫館門前，青年推開門走到陽台上，淡淡的草藥味鑽入鼻腔。老人正站在院子角落的木架子前，晾曬中草藥，老人的笑臉上佈滿皺紋，白髮如銀絲。

老人搬來一張籐椅讓雨晴坐下，他俯身將草葉磨成粉末幫雨晴貼在腳踝上。

閒談間，青年介紹自己名叫洪偉文，祖父早年懸壺濟世，晚年隱居山林。偉文大學畢業後，在一所中學任教，閒來到山林寫生，他對植物的喜愛源於祖父，時常陪伴老人在山中採藥。

偉文笑說現代老師的責任重大，面對頑猴家族，要有一套馴猴妙方，才能夠收服懶散頑劣的學生。憑著愛心與忍耐力，偉文堅信教學者付出的努力，不能以成就或金錢去衡量，但價值卻是永恆的！他執教三年，其中苦樂參半，只要看見學生有輕微改善，他會感到欣慰。

「我叫方雨晴。可以賞面吃點東西嗎？我要謝謝你當年相助之恩！」

兩人拿著小食和雪糕坐在草坪上享用，笑著談論各自的生活片斷。

第十八章 溫馨情誼暖洋洋

抵達加拿大溫哥華，鄭子健順道探訪昔日大學時期的同窗。朋友為他設宴洗塵，新知舊雨歡聚一堂，迷人的音樂飄送於柔和的燈光下，子健沒有喝酒竟有點醉意。

曲終人散後，子健駕車返回住所。他望向車窗外，天邊掛著又圓又大的月亮，心中只覺茫然若失，昔日與雨晴月下漫步的情景飄入他的腦海中。

居所是獨立洋房，子健將車子停泊好，進入室內。他端起咖啡杯，將杯中的咖啡一口飲盡，嘴巴裡全是苦澀味。異鄉工作，遠離至親好友，思念如同夜空中正在飛揚的片片雪花，源源不絕，子健感到孤單寂寞。他躺臥床上，壓根兒睡不著，走出客廳，望見窗外月亮漸漸隱到雲層之後，光線暗下來，黎明即將來臨。

天終於亮了，初升的太陽將天邊染成玫瑰色。

手機的螢幕閃現出方雨晴送上的溫馨話語：「你要好好保重身體呀！要吃得飽穿得暖，期盼與你相聚的時候。我生命中最美的時光，是你在我身邊的每一秒，以及你不在我身邊時，我想念你的每一秒。因為被人惦記，被人記得是多麼幸福啊！」

「只要彼此相愛，不管遠隔千山萬水，我的心始終與你同在。」子健送上深情的話。

集團頂層的會議室內，鄭子健正和高層開會，商討公司研發出的新產品系列。

「這薔薇系列的產品你研發得不錯，要全面開發，後期工作一定要親自盯着，不能出一點差池。」董事長對坐在他右側的設計總監許美儀微笑著說。

開了足足三小時的會議，終於在如雷的掌聲中結束。鄭子健進入自己的辦公室，秘書拿著一個文件夾走進來，恭敬地遞給他：「許小姐要和你商討有關產品設計的圖樣。」

辦公室內，許美儀坐在鄭子健辦公桌對面，詳盡地分析各色各樣的圖案。她學產品設計，學校的成績非常出色，進入集團設計部工作五年多，很快便晉升為設計總監。鄭子健看見許美儀臉上驕傲的神色，有點欣賞她充滿自信的設計圖樣，產品新穎美觀，實用價值又高。

「希望我們合作愉快！」子健禮貌地與她握手。

鄭子健仰頭靠在沙發上，閉上眼，滿臉疲憊。他緬懷昔日與方雨晴共處的時光：簡單、純粹、樸實、溫暖的人間煙火，有歡笑、關懷、掛念，有日出、日落、星光、月色，多麼美妙！

在商業社會裡，卻是另一個世界：現實、冰冷、算計、勾心鬥角、爾虞我詐。每個人都有很多面，在親人、朋友、同事面前、在陌生人面前，每一面其實都是不同的。這個世界上，沒有純粹的好人，也沒有純粹的壞人，每個人心中，因為立場與所處的位置不同，有熱也有冷、有愛也有怨與恨，這才是真實的人性。

在合作研發薔薇系列產品的時期，鄭子健和許美儀並肩作戰，同甘共苦，朝夕相處，每一個日出到日落，幾乎都能見到彼此，夕陽漸隱，一點點落入波瀾壯闊的蔚藍海平面上，最後消失不見。夜色降臨，夜晚的海風已帶了點冷，她抱了抱手臂，忽然肩頭一暖，他的風衣已披在她身上。

「這輩子能跟你做朋友，真是我的福氣。」許美儀微笑著說。

鄭子健是營業部總經理，他與許美儀合作的薔薇系列產品廣泛受到顧客歡迎，這季度的業績上升了三個百分點。在行業整體都低迷的時期，他們竟然能將業績提升，自然得到董事會的讚賞。

難得有好的業績，大家聚在一起聯歡慶祝。那晚月色極美，他們買了很多食物和酒，大家熱情高漲，每個人都喝了很多酒。許美儀的酒量不太好，最後喝醉了，拉著鄭子健說了很多清醒時壓根兒難以言說的話，那些埋藏在心底的記憶，她第一次同人訴說。那晚的月色下，她的眼淚打濕了他肩上的衣裳。

第十九章 家人歡聚樂融融

窗外是春意盎然的綠，方雨晴伸出手，早春的陽光非常溫柔，溫暖地灑在她的皮膚上。她眯眼看窗外的好春光，又回頭去看坐在身旁的媽媽程詠蘭邊笑邊望著她。雨晴心裡感到舒暢，偷得浮生半日閒，可以和慈母談天說地，人生乎復何求！

當年雨晴考慮到加拿大讀書，但要遠離自己從小生活長大的地方，又要離開摯愛的母親，她的心忐忑不安，抱住媽媽的手臂撒嬌說：「我不去加拿大讀書好不好？我要留下來陪你。」

「你說什麼？」母親忽然嚴肅起來說：「你要記住啊！每個人都有自己的位置，有自己必須要去做的事情。你到外國讀書可以增長知識，也可以增廣見聞。」

「好啦！我開玩笑的呢！」雨晴又心酸又驕傲，這就是她的母親，寵愛她，但從不溺愛她。母親從小就言傳身教，教她做一個正直、善良、獨立、有責任感的人。

母親與舅父母的感情非常好，他們移居加拿大多年，又視雨晴如親女兒，照顧她的三餐一宿，令雨晴在充滿愛的環境下完成學業。

「你這麼瘦，是不是工作忙，沒有好好吃飯？」

「我吃得很多呀！吃不胖嘛！真的，不信晚上你瞧著，我能吃兩大碗飯。」

「晚上媽媽給你做好吃的東西。」媽媽笑著，忽然想起什麼：「哎呀！廚房裡還燉著湯呢！我要去看看燉好了沒有。」媽媽恨不得把所有好的東西都煮給她吃。

吃晚餐時，媽媽不停給她夾菜。

「有沒有遇上喜歡的人？」媽媽的聲音放得很輕。

雨晴聽到母親說話小心翼翼，這些年來，媽媽很少問雨晴的感情生活。

媽媽憂心她的終身大事，但也從不會逼她，媽媽從來都給予她無限大的自由與尊重。

「你還記起當年在外公家附近迷路的小男孩嗎？」雨晴笑著說。

「有什麼事呢？」媽媽一臉迷霧。

「小男孩長大了！他叫鄭子健，我們在戀愛中。」雨晴甜甜地笑。

「帶他來吃飯呀！讓媽媽看看他！」

「他去了加拿大工作。」

「你們相隔那麼遠，愛情會否隨著時間流逝而生疏轉淡？」媽媽憂心地說。

「真正的愛是愉悅的，不給對方負擔與壓力，尊重對方的意願。」

「在人生的路途上，有人對你知冷知熱，提醒你添衣保暖，提醒你要下雨了記得帶傘，陪你吃飯，陪你看日出日落，為你點著一盞晚歸的燈，是最美滿幸福的！」媽媽輕拍著雨晴的肩膀。

「媽媽是我最好的守護者。」

「你要找一個互相愛慕兩情相悅的終身伴侶，組織自己的家庭，相依相伴。」

「就算是組織家庭，我也要和媽媽在一起。」

「傻孩子！媽媽年紀漸老，不能長伴在你左右。」

「媽媽不會老，我要吃媽媽烹調的美味佳餚。」雨晴那撒嬌的語氣，嘟嘴的神情，真像個小女孩，也只有在媽媽面前，她才會有這樣的神態。

「女兒啊！看來你這輩子只能找一個會煮飯的老公嘍！把你的胃抓得牢牢的你就不會跑了。」

第二十章 心中的太陽

為了吸取更多人生經驗，方雨晴決定辭去朝九晚五的寫字樓工作，加入社工行列。

驕陽下，雨晴匆匆步上半山木屋區，依著門牌尋找檔案記載的金婆婆。

敲門多時，卻無反應，難道老人外出未返？正欲離開，一個老婆婆扶著手杖、摸索著出來。

「婆婆，我是福利處的社工，來這裡家訪，有什麼可以幫到你？」

老婆婆目光呆滯，資料顯示她多次進出醫院，青光眼使視力模糊，糖尿又令行動不便。她獨居木屋多年，昔日是拾荒者，現靠公援金過活。婆婆體力衰退，三餐成問題，幸好得到鄰居的義務相助，才可以半飢不死地過活！

雨晴決定為她申請入住護理安老院，但政府資助的宿位有限，只能夠排隊輪候。

因為社工人手不足，處理個案眾多，縱使有愛心，亦難詳細跟進！

那天，雨晴接到通知，她要調往青少年組工作。

匆忙交待尚未完成的個案後，雨晴便要迎接新挑戰。她面對活力充沛的年青小伙子，在活躍跳動的戶外範疇中，雨晴腦海不時浮現起那處於夕陽遲暮的落寞老人。

心懸半空，趁著空檔，雨晴又匆匆跑去探訪老婆婆。當她推門入內，只見屋內暗淡凌亂，老人躺臥床上。

「婆婆！你餓嗎？」

「姑娘，你說我可以入住安老院，幾時呀？」

雨晴握著婆婆顫抖的手，在那充滿淚光的臉上，她看到片片失望。

天邊晚霞瑰麗地舖散在空中，靜靜地籠罩著半山木屋區，眼前是此起彼落慢慢升起的炊煙，雨晴的心裡忽然湧起了一絲淡淡的惆悵。月兒明亮、瑩白、清冷，俯視著這蒼茫夜色，也俯視著人世間的悲歡離合。

週日，洪偉文站在廣場的鐘樓下，微微抬頭看天際。忽然，天空下著雨，偉文沒有帶雨傘，只得站在屋簷下，看雨中的路人。遠處傳來咯咯噠噠的聲音，偉文望見一位身材高佻的少女，撐著花雨傘，穿著碎花裙和高跟鞋，步履婀娜多姿地走近。

「洪Sir，近來好嗎？」方雨晴笑盈盈走近。

「你沒有帶雨傘？我送你到地鐵站還是巴士站？」

「到火車站。」偉文猶豫一陣後說。

傘下同路，雨晴發現印象中性格開朗的洪偉文老師，一臉惆悵，眉頭深鎖。

「學校工作忙碌嗎？學生聽話嗎？」

偉文搖搖頭，輕聲嘆氣，最近學校發生的事件湧現在他腦海中。

「放學後我們去唱K。」李旭纏著女同學，動手拉拉扯扯。

「我不去。你很煩呀！快放手。」女同學厭惡地甩開他的手。

「李旭，你幹什麼？學校是讀書求知識的地方，不是讓你亂攪男女關係的地方。」班主任洪偉文老師經過喝止。

「關你乜事！追女又沒有犯法。」李旭說完，頭也不回的走了。

體育課的時候，4C班的女學生阿珊在跳彈床時跌倒，下體出血，被送進醫院。經醫生檢驗時發現阿珊是懷孕後小產，家長把女兒領回家中，用盡方法追問，阿珊堅拒透露是誰令她偷食「禁果」懷孕的。老師們都異口同聲認為這是李旭幹的醜事，因為李旭在學校狂追女同學，早已聲名狼藉，就連年輕的女教師，他也去追求。

李旭曠課接近一星期，班主任洪偉文嘗試聯絡他的父母，總是找不到。那天，洪Sir 經過遊戲機中心門外，剛巧李旭打完機出來。

「你為什麼要逃學？父母對你供書教學，你對得起他們嗎？」洪Sir痛心地說。

「廢話！」李旭狠狠的踢了一下路旁的垃圾桶，然後瞪著洪Sir說：「我不覺得。老豆經常北上搞舞女，阿媽日日更換男朋友，那有時間理我？」

望著李旭遠去的背影，洪Sir啞口無言。

偉文將學生亂攪男女關係和曠課的事件告訴雨晴，他不知道怎樣才能夠糾正這個學生錯誤的愛情觀。

雨晴告知偉文她現在已加入了社工行列，在青少年組服務，希望有方法可以幫助李旭這個問題少年。

第二十一章 北斗星空下

夜色寧靜，風是溫柔的，頭頂是漫天的星辰。在方雨晴心裡，能夠輔助問題青少年重回正道，讓他們歡欣地仰首天際，細數點點繁星，那將是最美的星空。

張樂文生長在一個問題家庭中，父親嗜酒如命，母親喜愛打麻將。父親喝到醉醺醺回來就打罵家人，母親整天在麻將枱上消磨時間，樂文的三餐都是在快餐店完成。

父母的婚姻在吵鬧聲中落幕，離婚後，母親收拾衣物回娘家，父親脾氣更暴躁，樂文成為捱打受罵的對象。皮肉的痛楚加深他對父親的怨恨，樂文決定離家出走。

那天，樂文在網吧門外流連，剛巧李旭曠課上網出來。

「你想玩網上遊戲？」李旭走近張樂文。

「我沒有錢玩。」

「我請你。」李旭將手放在樂文肩膀上，兩人進入網吧。

他們在網吧玩到深夜，李旭豪氣地請張樂文去日式餐廳吃刺身。

「你有咁多錢？」樂文好奇地問。

「趁老豆同阿媽外出時，偷開抽屜攞的。」

在流浪街頭的日子裡，張樂文和李旭結識了一班遊手好閒，無所事事的不良少年。他們漸漸染上酗酒、打架、勒索等惡習。

「吸一口這些神奇粉末，擔保可以令你們精神爽利，煩惱消失。」大哥強冷笑。

他們一試成癮，漸漸墮入毒網不能自救。毒癮發作時，飽受折磨，要吸食更多毒品來麻醉自己。終日神智不清，每十五分鐘就要去廁所，身體變得瘦骨嶙峋，恰似「過街老鼠」被人唾棄。

為了購買毒品，他們蒙著面拿利刀去搶劫。在一次傷人事件中，兩人被捕，帶返警署。

方雨晴接手跟進張樂文的個案，但她找不到張樂文的父親，只好自己前往警署。那邊廂，學校也未能聯絡到李旭的父母，班主任洪偉文老師代表學校到警署了解情況。

「吸毒與傷人是嚴重案件，不能保釋。」警方發出通知，雨晴和偉文無奈離開。

兩人靜默地走在街燈暗淡的窄巷中，夜幕降臨，夜空如深藍色的絲絨盒子，繁星如璀璨鑽石，閃耀的銀河從頭頂流淌而過，天空那麼近，彷彿伸手便可摘星辰。

「如何能讓迷途羔羊踏上正途？讓他們摘星不做俘虜！」雨晴輕輕嘆息。

「父母對子女的關懷愛護和溝通諒解，可以溫暖冰冷的少年心。」偉文無限感慨。

戒毒所內，張樂文和李旭要適應如何在受約束的環境中生活。幸好他們遇到一位和藹可親的輔導員，適當地給予關懷，使他們感受到一份遺失已久的父愛。輔導員勵志的說話，喚醒他們善良的本性，激起戒毒的決心。

自從張樂文離家失蹤後，父親遍尋不獲，母親得知消息也趕來幫忙找尋，最後只得報警求助。雙親知道兒子因為吸毒及傷人被判入戒毒所，他們心中都懷著一份內疚。戒毒期間，父母親都來探望樂文。縱使戒毒過程十分痛苦，但在父母及輔導員的支持和鼓勵下，樂文終於從毒海中回頭。

完成戒毒後，樂文返回家中與父親同住。父親是建築工人，每天要面對沉悶又危險的地盤工作，要攀爬竹棚及長期在高空工作，精神和體力消耗很大，所以，父親放工後會和工友一起去喝酒。

方雨晴往張樂文家裡探訪，為樂文安排學校讀書，又為他們申請生活援助金。在雨晴的勸解下，樂文父親下定決心戒酒，一則為自己的健康，再則可控制自己的脾氣，修補父子之間的關係。

在樂文戒毒期間，雨晴感受到樂文的父母都關心自己的兒子，只是夫妻間因為摩擦及意見分歧而分開有點可惜！而且，把婚姻結束，把大好家庭拆散，受害者始終是下一代。

「嘗試放下自己主觀的對與錯，互相體諒與明白，摩擦才可避免。當家庭瓦解之後，每一位成員都是輸家，用愛去體諒，包容與珍惜對方吧！」雨晴約見樂文的母親，用真誠去感動她。

週日，樂文喜出望外地告訴雨晴：「媽媽搬回家住呀！」

第二十二章 愛在陽光空氣中

方雨晴參加舊同學的聚會，每個人都有說不完的話題。

陳笑儀中學畢業，工作一年多，隨即找到她的白馬王子。丈夫職高薪厚，她便辭掉工作，安心做幸福少奶！

「女孩子要在家裡享福，不用跑到外面受風吹雨打！」她主張女人總要嫁個好夫婿，下半生無憂愁。

李玉菁結婚七年，有一對可愛兒女，卻是家庭事業兩兼顧的職業女性。

「現代女性在事業上要與人爭長論短，回家又要做賢妻良母，不能稍露疲態，二十四小時，分分鐘容光煥發，誰敢說女人不是真正的強者！」她的幹勁十足，清晨披上戰衣上班，傍晚又是一家之煮，寶貝們的補習老師，眾人都佩服她有三頭六臂。

袁紫瑤是單身一族，嚮往自由生活。她在官場打滾多年，練得銅皮鐵骨，刀槍不入。閒來背起行囊，浪跡天涯，在山脈的盡頭，海洋的方向，她願是貪看風景的旅客，用不著嘗遍每一站的刻骨銘心。每逢佳節，一家團聚的日子，她卻害怕夢醒茶冷剩得長廊空響的跫音。

筵席散去，各人返回自己的夢工場，繼續戲劇人生。幕升起時的風雲叱吒，戲散後的空席，幕拉合之後再展開時又是另一番際會。

秋天來臨，郊野的楓葉從嫩綠變成醉紅，清風吹過，白樺樹發出風鈴般的響音，方雨晴穿過田埂，越過阡陌，迎著陽光走向一片綠草如茵的大草坪。草地上的露珠已經乾了，一棵棵小草生氣勃勃的揚著頭，樹林裡有一排短樹叢，爬滿了粉紅色的喇叭花。她在樹林裡漫步，和一隻小甲蟲說話，又靜心觀賞蝴蝶飛舞花間。林中那麼多生命，到處都充滿了喜悅，雨晴感到自己輕快得像一隻小羚羊。走出樹林，前面是一片綠盈盈的湖泊。望著那翠瑩瑩的波光，雨晴在草地上坐下來，用雙手抱住膝，出神的凝想起來。

一年前的秋天，鄭子健和方雨晴手拉著手，坐在一片青草地上，迎著夕陽，咧嘴燦然地笑。他們將藍格子布鋪在草地上，雨晴將食物取出來，保鮮飯盒裡，裝著子健親手做的便當：有金槍魚壽司、蔬菜卷、牛肉糯米丸子，炸得金黃的鰻魚，杯裝小蛋糕，顏色漂亮的馬卡龍，芒果布丁，以及切得整齊的水果拼盤。

雨晴拿起一個糯米丸子放入嘴裡，滿足地眯起眼睛。

「果然是寶刀未老！」她將每種食物都嚐了嚐，笑嘻嘻地讚道。

「我這一生，只為你洗手作羹湯，也只願為你做。」子健柔情似水地說。

「對！你一輩子做飯給我吃，也只能做給我一個人吃。」雨晴小鳥依人般靠在子健肩上。

兩人靜默地曬著晚秋溫暖的陽光，一直到黃昏，愛人陪伴在身邊並肩看到的都是最美的。

落日在水面靜靜的閃爍，金色的光芒穿透了流水，好像神仙灑下金線織成的大網。但是，這網網不住流水，也網不住絢麗的黃昏。雨晴望著流水被金線所篩過，望著晚霞由明亮轉為暗淡，心中恍恍惚惚，淡淡的哀愁輕輕的罩住了她。

暮色漸濃，水裡的金線已經消失，天邊的雲層變成灰濛濛一片，雨晴站了起來，拍了拍裙子上的灰塵，慢慢地走向回家的路。

第二十三章 美麗的童話世界

外面下著細細的雪花，在路燈下輕盈地飛舞著，夜色極靜，窗外還下著雪，一片片飄落似羽毛。鄭子健望向窗外，往日的記憶撲面而來，他生命中最美的時光，都是與方雨晴有關的。原來，愛才是最好的陽光，是最對症的心藥，愛情那陣風在心中吹起時，任何人都無法抵擋。

「請扣好安全帶，飛機準備下降。」方雨晴扶直椅背，扣上安全帶。

機場出口處擠滿了接機的人，雨晴步出閘門，一個熟悉的身影向她走近。

「知道你會來溫哥華探望我，昨晚我興奮到睡不著呀！」子健手捧一束鮮艷的紅玫瑰，熱情地送給她。

汽車經過寧靜的小鎮，進入小巷內。這條巷子雖然偏僻，卻藏了很多有趣精緻的小店舖，還有一些小酒館，不時有音樂聲從屋子裡飄出來。尖尖的屋頂上白雪茫茫，襯著硃紅色的建築，整座城市宛如童話小鎮一樣。

子健將車子駛進一片翠綠大草坪，兩旁種植顏色鮮艷花朵的庭園內，在獨立洋房前停下來。他領著雨晴預備進入屋內，一隻可愛的鬆毛犬從屋內跑出來。

子健微笑著向牠招手，但小狗卻歡欣地飛奔到雨晴身旁，連他的召喚都置之不理。

「看來翠絲認錯主人了！」子健無奈地笑。

「牠懂事呀！知道要歡迎遠方來的朋友。」雨晴輕輕拍著小狗的頭。

子健坐在草地上，視線追隨著那一人一狗嬉戲的身影。翠絲好久好久沒有撲騰得這麼歡快了，雨晴臉上也掛著明媚歡暢的笑意，與牠玩得不亦樂乎！真像兩個貪玩的小孩兒。子健嘴角噙著笑，心裡如同此刻的陽光一樣溫暖。

「明天我們去洛磯山脈遊覽。」子健為雨晴預備了豐富的晚餐。

翌日，他們在溫哥華機場乘機往加技利。坐旅遊專車從機場到市區，車窗外盡是廣闊的草原和牧場，遠處還能看到洛磯山脈一座座山峰和山頂的積雪。

旅遊車在山林間的公路上行駛，從車窗向前望，一座座山峰迎面而來，車到山前又轉彎向另一座山峰駛去，路兩旁是漫山遍野的美國杉木和加拿大落葉松。

導遊東尼是一位風趣幽默的年青小伙子，沿途介紹各處風光。途經崇山峻嶺之間的飛鷹坳，是太平洋東西橫貫鐵路之接駁處，亦是鐵路往下最後一口釘的所在地。旅遊專車很快到達班芙國家公園，班芙國家公園原始森林密佈，野生動物資源非常豐富，主要有黑熊、灰狼、鹿和野山羊等。

旅遊車穿過數公里長的鎮區大道，來到海拔二千多米的沙兒華山腳下。

「我們乘坐吊籃登上沙兒華山的山頂。」東尼告訴遊客們。

山頂平台上冷風颯颯，但遊人眾多，雨晴不怕寒風吹襲，只陶醉於洛磯山脈的雄姿。

「看那氣勢磅礴的群山，有的山勢險峻，有的白雪紛飛，山的半腰都被綠色覆蓋著。我見到峽谷的河流，看到鑲嵌在綠色中的蔚藍湖泊。從山頂平台眺望班芙鎮，在群山環抱和綠樹相擁中顯得特別美，鎮內外那甲殼蟲一般大小的小轎車，那乳白色的房車和帳篷，為這寧靜的山林小鎮增添了無限生機和樂趣。」雨晴歡欣雀躍地告訴子健。

從山頂回到山腳下，他們驅車來到班芙鎮西首的班芙泉水大酒店。酒店全部用不規則的块石疊砌而成，酷似一座石頭城堡，給人古樸的感覺，酒店數百房間內更有溫泉水供應給客人洗澡。子健和雨晴走進自己的房間，泡上一杯綠茶，靜靜地品味綠茶的清香，回味著小鎮的美景。

翌日，東尼告訴團友，大家將會經驗一次人生大事，因為他們要乘坐巨型雪車，在哥倫比亞冰川遊覽，親嘗處身於萬千冰層間，踏足冰河面，在一望無際的雄偉冰河上滑行。

三個多小時後，旅遊車停在哥倫比亞冰川一處服務台旁，他們在一處停車場換乘特殊設計的雪車，雪車有寬大的輪胎，輪胎上有深深的履溝，可以防滑防陷，並能在四十五度的斜坡上自如地爬上爬下。

載有五十人左右的雪車慢慢駛入哥倫比亞冰川溪谷的冰河上，車上可以清晰地聽到輪子碾壓在冰面上發出的破碎聲，雪車在溪谷河床的下方較為平坦的冰河面上停住，子健和雨晴跟著團友們下車踏上冰雪的地面，一股寒氣直逼而來。冰河的前方，冰層呈階梯狀自上而下，顯現冰瀑奇觀，遠處山峰的白雲和天空中飄浮著的白雲連成了一片。冰面上霧一般的白氣飄渺升向遠方的山間，起伏的山巒若隱若現，充滿誘人的神秘感。

雨晴興奮地走來走去，與子健互相拍照留念。但在厚達數百米的冰原上走動，始終是寒冷的，半小時左右，在導遊的呼喚下返回車廂內。

從哥倫比亞冰川返回班芙鎮途中，他們來到了露易斯湖邊，湖畔的遊人很多，站在湖畔的块木平台向露易斯湖望去，湖水由淺藍、灰藍、湛藍轉到鑽藍、深藍、銀藍，湖水似乎不斷地變換它的藍色。東尼告訴他們，露易斯湖所以美麗，其中一點就是湖水會隨著山中的風雲變幻而變色，每當晴空萬里陽光普照時，湖水像天空一樣一片蔚藍，而當雲霧瀰漫煙雨濛濛時，湖水由藍變綠，漫湖碧透。

雨晴陶醉於四周群山、層巒疊峰，朦朧地倒映在碧波蕩漾的湖面上，子健立刻用相機將湖光山色拍攝下來。接著，他們在湖畔的古堡飯店享用自助餐。

旅程完滿結束，各人歡欣地踏上歸途。

黃昏時分，雨晴在住所內收拾行裝。

「明天你就要離開了，讓我為你送行吧！」子健雄厚的聲音帶著熱情。

「謝謝你！」一種離愁別緒的感覺突然湧上心頭，雨晴垂下頭來。

「隔著漫漫山河歲月，期盼與你再相逢，千言萬語，都在這沉默凝望中了！」子健柔情地說。

離別時，他們紅著眼手緊緊相握，沒有擁抱，也不敢吻別。

第二十四章 知音夢裡尋

隆隆機聲中，熟悉的「東方之珠」又重現眼前。方雨晴拖著行李箱，乘坐計程車返回家中。

好漫長的一個下午，雨晴躺在床上，望著窗玻璃上陽光的閃爍，四週很靜很靜，沒有一點聲音。她的心情恍惚迷離，時而若有所得，時而又若有所失，迷迷糊糊地睡著了一會兒。睜開眼時，天色已是黃昏，夕陽從窗框裡撲進來，灑在木地板上，晚風輕輕吹動窗邊白色的紗幔，又輕柔又溫暖。

下午的躺臥讓雨晴筋骨酸痛，頭腦有些昏沈，肚子也餓了。

雨晴走出客廳，媽媽拿著一個盤子，裡面是幾個熱氣蒸騰的包子，顯然是剛剛蒸好的。

「你中午沒有吃飯，一定餓了！嚐嚐這包子味道如何？這是我自己包的。」媽媽臉上帶著溫暖和煦的笑容。

新蒸包子發出誘人的香味，雨晴拿起一個包子，立即吃了起來。青菜牛肉餡，沒有什麼特別的材料，卻美味可口。

「你詠梅三姨說教她繪畫的陶永青老師計劃開畫展，但在香港要租場地比較難而且昂貴。一般而言，團體的租場會獲優先處理，老師以畫會名義申請可獲資助一半場租。三姨問你和表哥及其他喜歡繪畫的朋友有興趣參與嗎？」

「表哥身在加拿大未知可否有時間回港參與？我有一位喜歡繪畫的朋友，待我問他的意願。是三姨昔日喜歡的那位畫家？」雨晴想起童年時來外公家裡教畫的老師。

「是的。聽聞他與外籍妻子離婚後，從南丫島搬往塔門居住。」

星期天，程詠梅拿著水果籃往拜訪陶老師。她從西貢市中心乘搭94號巴士至黃石碼頭，再轉乘街渡，船程約35分鐘。

塔門位於西貢以北，雖然小島面積細細，但卻坐擁360度無敵海景，一望無際的大草地，沿岸佈滿奇形岩石，加上漁鄉人情，是遠離煩囂的好去處。除了野餐、露營、放風箏外，由於地理位置佳，無光害，因此亦是看日落、觀星的好地方。

下船後，詠梅經過海傍大街再上石階，便到天后古廟。島上的天后古廟至今已有近四百年的歷史，漁民每逢出海都會向天后祈福，保佑順風順水。離開天后廟，於左邊小徑向前走，爬過梯級，無邊際的大草地，清澈見底的蔚藍大海便映入眼簾。詠梅在山徑漫步，就見到塔門地標之一的呂字疊石，由兩塊方石堆疊而成，呈「呂」字形，約六米高，高聳如塔，因而得名。沿著漁民新村方向走十多分鐘便到達陶老師的住所。

書房裡，有一張小書桌和兩張籐椅，四週的牆壁，一面是兩扇大窗，另外有兩面都是竹書架，排滿了各種的書，琳琅滿目。另外一邊牆上有一幅畫，畫著一株梅花。

「書可以治療人的孤寂。」陶老師拉了一張椅子說：「坐坐吧！你愛看書，以後可以常到這兒來拿書看，說不定這裡有些你在市面上買不到的書。」

陶永青是一位有才氣的人，不容易找到知音。人有很多種，有的細膩得像一首詩，有的卻粗枝大葉得像一幅大寫意畫，他是前者。無論是詩還是大寫意畫，都需要有人能欣賞和瞭解，他們都各有所長。世界上每個人有屬於自己的感情，無論這份感情的對象是誰，感情的本身都那麼美，那麼值得尊重。

草原的陽光始終吸引著詠梅，她想到溪邊去找一棵大樹底下坐坐，同時，慢慢的欣賞她剛借來的小說。

「擦擦你的汗。」陶老師的聲音低而柔：「你被曬得像一根紅蘿蔔。」

他在溪邊一棵樹的底下，設置了畫架在繪畫。

「隱居在這兒作畫，不是很瀟灑嗎？」詠梅笑著說。

「這兒有山水的靈氣，靈感是長了翅膀的東西，要好好把握才有好的傑作。在色彩的運用和技巧表現上，配合靈感，沒有靈感的畫就沒有生命。」

午飯時候，陶老師帶著詠梅到海傍街附近的酒家品嚐塔門必食的黃金海膽炒飯、炸墨魚丸、蝦醬炒鮮魷等。

回程路上，詠梅途經塔門村民小攤檔，沿路可見一串串晾曬的鹹魚，各種曬乾的海產：有蝦乾、魚乾、螺乾等，也有蜜糖柑桔、香甜紫薯等自家製乾果。

詠梅買了一些螺乾和紫薯乾送給家人，又買了一支紫紅色的紫貝天癸涼茶給陶老師：「味道微酸帶甜，有點像利賓納，在炎熱天氣下可以解渴，清熱解毒呀。」

第二十五章 詩情畫意夢飛翔

太陽逐漸的昇高了，雖然季節已進入了秋天，太陽的威力卻絲毫沒有減弱。陶永青在山徑漫步，他的帽子擋不住熱力，汗水在他的頭髮裡面蒸發。

他在一棵松樹底下坐著，有一隻鳥從遠方飛來，噗喇喇的落在他身邊的松樹上。

「如果我是一隻鳥多好！高興飛到哪兒就飛到哪兒。」

小時候，陶永青在夢中想像自己會變成鳥兒，在廣闊蔚藍的天空中自由自在地飛翔。這天地間都是牠的舞台，鳥兒優美的舞姿，妙曼的曲線，令他嚮往著。鳥兒是自由的，他也渴望自由，但世間的牢籠將他束縛，他可以往哪裡去找尋屬於自己的自由天地？

童年時，永青也曾問過老師：「沒有翅膀可以飛翔嗎？」

「孩子，你要記住，一個人沒有夢想，就像鳥兒沒有翅膀無法飛翔。」老師語重心長地說。

「只要你有夢想，翅膀就在你的心中，只要你在心裡張開了飛翔的翅膀，就可以自由地翱翔於天地間。」老師慈祥地輕拍著永青的頭說：「到你長大後，人生經歷多了就會明白。」

陶永青的夢想是成為畫家，他曾遊歷名山大川，找尋作畫的靈感。中國的山水有獨特之處，山勢多陡峭，國畫強調留白，不會畫出所有細節，讓人有想像的空間，以顏色深淺交代距離，朦朧的線條勾劃物件，發揮想像力，以求佈局完美。

陶永青多年來默默耕耘，在繪畫教畫的生涯中，他見盡畫家的艱辛。在朋友的支持鼓勵下，選擇在香港大會堂展覽廳舉辦畫展。他希望以畫會友，因為一件藝術作品的價值，是如何讓人從畫作裡感受到畫家的熱情與視野。

假日，程詠梅踏著遍地的落葉，在拂面的秋風裡，再去拜訪陶老師。與她同行的還有方雨晴、程思俊、洪偉文和鄭彩雲。

「我們來和老師商議畫展的整體佈置及構思策劃。」程詠梅笑著說。

「侄兒思俊和外甥女雨晴，其餘兩位是雨晴的朋友，他們都很高興能參與老師畫展的籌備工作。」詠梅介紹各人給老師認識。

「十分感激你們的幫忙。」陶老師端出茶點放在桌上。

他們從展場佈置、將畫裱框、設計海報、印製邀請柬等工作詳細研究及分工。

「表哥大學時讀土木工程系，現在是工程師，可以負責統籌場地佈置，我們從旁協助。」雨晴輕輕拍著坐在身旁思俊的肩膀說。

「我可以負責設計海報和印製邀請柬。」鄭彩雲毛遂自薦。

「彩雲讀美術設計，可以學以致用呀！」雨晴拍手贊成。

「將畫裱框由我負責吧！因為我認識裱畫的朋友，價錢可以便宜一點。」洪偉文認真地說。

「哪你負責什麼？」彩雲笑著望向雨晴。

「我沒有專長，只好做雜務。」雨晴眯起雙眼笑著說。

「雨晴負責寫開幕式流程和畫作的詳盡介紹，一切和文字寫作有關的事宜。」彩雲笑嘻嘻對雨晴說：「讓作家一顯身手。」

「我是單身一族，還未成家，不是作家，只是和文字結下不解之緣的女孩子呀！」

「真是兩個互助合作的好姐妹。」詠梅望向陶老師笑著說。

「我們是從小一起玩的好朋友。」雨晴和彩雲異口同聲地說。

展出前幾天，陶老師帶領工作人員與展覽館方做細節溝通。然後，他們開始場地佈置，進行自己人掛畫。每件事情都把大家搞得頭昏腦脹，但也讓大家樂在其中。

各方貴賓好友送來的花籃賀詞：

筆墨丹青、技藝高超，活靈活現、栩栩如生。

花瓣伴畫，花籃藏心願，讓你的傑作展翅高飛，翺翔於夢想的天空，更加燦爛輝煌。

陶老師與學生及好友合辦的畫展在一片熱鬧氣氛中展開序幕。

展出者致詞後，入場的人士中有較成熟的，他們多靜心欣賞，在細緻部分也會拍照留作日後參考。年輕人較喜歡用問畫的方式：畫中景物在何處取材？為何要用詩做題？陶老師很高興和他們互動，希望讓更多年輕人接觸繪畫這門藝術。

程思俊以水墨繪畫外國的山水景物，程詠梅則多繪畫花鳥蟲魚，方雨晴以水彩畫和卡通漫畫為主，洪偉文則以油畫和素描為主。

陳笑儀偕同丈夫前來，李玉菁帶同一對兒女到來，袁紫瑤也前來祝賀。

「我們想購買一些畫作配合室內設計來佈置家居。」笑儀對雨晴說。

「樂樂和婷婷喜歡你畫的卡通漫畫。」

「我比較喜歡山水國畫。」

舊同學的蒞臨讓雨晴好驚喜，他們拿著雨晴精心製作的畫冊離開。

最後的節目是現場人物寫生，年輕的展覽館館長幫他們抽出得獎者：其實就是可以被他們畫人像。被畫的人很開心，鄭彩雲說方雨晴現場畫人像感覺氣場很旺，下筆穩健，整個人不知道哪兒飛來的自信。洪偉文人像畫本來就畫得維妙維肖，抓緊被畫模特兒的神韻。

畫展完滿結束，各人懷著感恩和歡愉的心情離開。

第二十六章 芳草天涯覓知音

週末清晨，鳥叫得那麼喜悅，草綠得那麼瑩翠，關在房間裡簡直是辜負時光。陶永青邀約程詠梅、方雨晴、鄭彩雲和洪偉文到長洲吃喝玩樂，觀賞大自然美景。

他們在中環碼頭乘搭渡輪前往長洲。

「陶老師，你是不是準備在塔門長期居住？」方雨晴認真地問。

「可能。」他說：「塔門有山水的靈氣，無邊際的大草地，清澈見底的蔚藍大海和濃厚的漁鄉人情味。」

「不寂寞嗎？」鄭彩雲微笑著說。

「太豐富了！怎麼會寂寞呢？」

「總之，你是滿足的。」

「很滿足，對這個世界，我再也沒有什麼可要求的了！」

這就是陶永青，從感情裡昇華出來，滿足的度過著他平靜的歲月，也不再苛求，反而享受著那種「咫尺天涯，靈犀一線」的感情。

船靠岸後，他們首先前往位於海傍的西餐廳，主打各款煎炸食物及手工啤酒，可以一邊吹著海風一邊享用美食。

「我要品嚐這裡的招牌菜式水牛城雞翼、炸芝士球、炸魷魚等。」鄭彩雲食指大動。

「面對香脆美食，饞嘴貓兒又垂涎三尺啦！」方雨晴笑到合不攏嘴。

「長洲老字號甘永泰魚蛋店的馳名大魚蛋、蝦丸有鮮味又夠彈牙。」洪偉文津津樂道地介紹著。

「可惜思俊表哥要趕返加拿大工作，沒有口福享用這些美食。」

陶永青和程詠梅相視而笑，看著年青人的活潑動力，他們也感到歡欣喜樂。

各人津津有味地飽嚐美食後，由洪偉文帶領遊覽長洲景點。

其中一個新興打卡景點是愛情鎖牆，遊客可以即場在鄰近店舖購買七彩繽紛的塑膠許願鎖和愛心木牌，寫上心意句子後掛到牆上，整個愛情鎖牆色彩繽紛，可以影相打卡。

「雨晴會將甜蜜詩句寫在愛心木牌上，掛在愛情鎖牆嗎？」彩雲笑著追問。

「專屬的心意句子只會給專屬的人欣賞，不可以掛在公開的牆上呀！」雨晴望向詠梅三姨，又望向陶老師。

方雨晴冰雪聰明，但她對自己的感情異常保守，就像蚌殼醞釀珍珠般的謹慎，別人一點也看不出來。鄭彩雲卻像一張攤開的地圖，喜好全掛在臉上，讓人一覽無遺。

長洲小長城是一條沿著海岸線的海濱長廊，由石路長廊及花崗岩欄杆組成，沿途可以欣賞整個海岸景觀，還有外形趣怪的岩石群，例如：人頭岩、龜甲岩、花瓶岩等。

接著，他們前往張保仔洞。

被稱為「海上羅賓漢」的張保仔，是清朝一名海盜，以劫富濟貧為人所樂道。據說曾在長洲洞穴埋藏不少金銀財寶和戰利品，該洞穴就是現時的長洲景點張保仔洞。張保仔洞洞口很窄，只可供一人通過，而且洞內漆黑一片，遊客須沿鐵梯而下，每步都要小心，並要帶備電筒或用手機電筒。

「你們年青人進洞內參觀吧！我和陶老師在洞外等候。」程詠梅笑著說。

洪偉文率先進入洞穴探路，鄭彩雲和方雨晴跟隨在後。

進洞容易出洞難，雨晴順利走出洞穴，但彩雲卻卡在石壁之間，偉文只好用手協助拖彩雲出來，自己卻被彩雲的後腿絆倒，擦傷了手臂。

「幸好我帶備了藥水膠布。」雨晴細心地為偉文貼上。

「累你受傷，真過意不去啊！」彩雲走上前去慰問。

「是意外，你不用自責呀！」偉文笑著說。

在張保仔洞附近，沿著小路向前行，會看到靠海邊處有五塊巨石，又稱為「五行石」。「五行石」由五件巨石組成，其中最大的一塊巨石坐落在山崖邊緣，遠看似搖搖欲墜，快要掉進海裡。行入五行巨石陣當中，有如置身於武俠小說中的石陣，別具特色。

他們坐在石上遠眺茫茫大海，靜聽浪濤拍岸的聲音。

洪偉文望著方雨晴，腦海浮現起昔日大學時期室友對他的拷問。

讀大學的時候，同宿舍的男孩子戀愛談了一場又一場，只有他毫無動靜。他成績好，也不是那種只知埋頭苦讀的書獃子，外形也出色，性格開朗，學校裡也有追他的女生，可他一點緋聞都沒有。

畢業那年，室友忍不住輪番轟炸拷問他：「偉文，說說你到底喜歡什麼樣的女孩子？」

他想了想，這樣回答：「志同道合的」

室友噓他：「教育大學裡的女同學將來都是要做老師的，跟你夠志同道合吧！也不見你喜歡誰啊！」他只笑笑，不再多作解釋。怎麼說呢？那就是一種感覺，感覺不對，什麼都不對。對一個人心動到底是什麼感覺呢？

如果他的室友現在再問他，你究竟喜歡什麼樣的女孩子？他想他現在能第一時間在腦海裡勾勒出雨晴的模樣來。噢！我喜歡呀！詩情畫意又有愛心。

離開「五行石」後，他們前往香港最古老廟宇之一的長洲北帝廟，又名玉虛宮，建築風格以斑斕瓦頂及青金雙色龍為特色。長洲太平清醮是香港著名的節慶節目，於北帝廟舉行，紀念佛誕。白天有會景巡遊、醒獅、麒麟表演及飄色巡遊等，晚上就會在玉虛宮外舉行傳統的搶包山活動，十分熱鬧。

第二十七章 仲夏夜之夢

這條路上就只有鄭子健一個人，天地寂靜，漫天的雪花飄灑下來，落了一頭一臉，一點點的清涼，卻並不覺得冷。他放慢腳步，抬起頭望向天空，微閉著眼，任雪花落在臉上。

「雪花真美啊！我真開心呀！」方雨晴輕快清脆的聲音，像動人的樂章，也像叮叮咚咚的清泉，飄入鄭子健的耳朵裡。

他微微仰頭，看著潔白的雪花輕柔地落在自己的眼睫毛與臉頰上，像溫柔的羽毛。

子健從夢中醒來，原來和雨晴一起看到的雪天是這樣的美。

週末，鄭子健駕車前往探望姨媽王秋婷和表哥董浩輝。

「你在這裡工作習慣嗎？看你瘦多了！一個人住肯定沒有湯水啦！多些來姨媽家裡，讓我烹調一些佳餚靚湯給你補補身。」王秋婷迎上前來擁抱著子健。

「子健雖然是我表弟，但我們情同親兄弟，我母親也一直把他當兒子看待。」董浩輝笑著對妻子程思嘉說。

晚飯時候，王秋婷將金銀蒜蒸龍蝦、陳皮蒜蓉蒸龍躉、黑椒牛柳、腰果雞丁、西蘭花拌鮑魚放在餐桌上，色澤漂亮，賞心悅目。

「哇！大廚手藝呀！」鄭子健笑著稱讚姨媽。

「還有花膠響螺杞子煲雞湯，清肝明目養顏，子健要多喝幾碗。」

遠離親朋好友獨自往加拿大工作多月，鄭子健大部分時間都是吃西餐。現在可以和親人一起共聚享用中式晚餐，子健感到無比珍貴。

「還有人未到嗎？」子健看到桌上放置五雙碗筷。

「是的。每逢週末，浩輝的表妹美儀也會來和我們一起吃晚飯。她是一位出得廳堂、入得廚房又美貌與智慧並重的好女孩，讓我介紹你們認識。」姨媽笑著說。

小狗在庭園外汪汪叫，一個穿著合時的少女推門進入。

「怎會是你？」鄭子健和許美儀四目交投下，雙方都感到詫異。

「你們是認識的。」王秋婷奇怪地問。

「是。他是我們集團從香港調來的新任營業部總經理。」許美儀笑著說。

「你是設計總監，他是營業部總經理，你們無論外表、學識、家世、人品、都不錯，又有相同的職業，彼此有共同話題，每日朝夕相處，聽起來是蠻匹配的。」王秋婷嘖嘖稱奇。

「媽媽，不要說了！飯菜都快涼啦！還是趁熱吃吧！」董浩輝看到表弟面紅紅的，急速阻止母親滔滔不絕地說下去。

「明天是週日，子健來我家住一晚，讓我們表兄弟可以相聚暢談。」浩輝告別母親，拉著表弟和妻子返回自己的居所。

董浩輝、鄭子健和程思嘉離開後，王秋婷和許美儀促膝談心。

「你對子健的印象如何？」王秋婷好奇地問。

「他對人溫文儒雅，但做起事來又幹勁十足。」

「如果你喜歡他，要主動向他表明心跡呀！好的男孩會有很多追求者。」

生命的醒覺常常在一夜之間來臨，許美儀覺得自己充滿了活力及喜悅之情，鏡子裡的自己是美麗的，那明亮的眼睛，那微紅的雙頰和濕潤紅艷的嘴唇，以及渾身煥發的精神。她開始編織與鄭子健夢幻般的愛情故事，在草原上追逐，林中散步，湖畔垂釣。

週日清晨，思嘉將早餐放在桌上，三人悠閒地享用。

客廳裡，浩輝笑著問子健：「你和美儀的關係如何？」

「我們是朋友，是並肩作戰的同事，是工作上的好夥伴。」

「只是夥伴？但我看見她望你的眼神似乎隱藏著一些愛意！」思嘉在旁輕聲說著。

「你喜歡她嗎？」浩輝追問子健。

「只有友情，沒有愛情。」子健堅定地說。

「就算是襄王無夢，但神女有心！你要小心處理兩人之間的關係，不要讓她誤會才好。」思嘉語重心長地說。

子健的手提電話響起，雨晴溫柔的聲音從遠方傳來。他的心瞬間如窗外含苞待放的春花，一點點陽光與雨露，就在清晨裡靜靜地綻放。

「是我的表妹方雨晴。」思嘉驚訝地問。

「是的。我們是童年的玩伴，長大後有緣再相遇，在朝夕相處裡，越了解，情越濃。」

「你們現在相隔兩地，見面時間少了，會否影響感情？」浩輝關心地問。

「雨晴有時會在深夜裡寫信寄給我，在潔白的信封上，看到她灑脫飛揚的字跡一筆一劃寫著我的名字時，一陣暖意湧上來。」

「手寫信是多麼珍而重之的傳遞方式，以手寫心，以心傳情，最最親密的話，只說給你聽。表妹真是浪漫又深情的好女孩，你要好好珍惜她，不要辜負她！」思嘉輕拍子健的肩膀說。

閒談間，王秋婷致電相約鄭子健和許美儀前往溫哥華的卡佩蘭奴吊索橋公園遊玩。

「看！你媽媽又在為他們製造機會啦！」思嘉搖著頭望向浩

輝。

「子健要小心呀！不要跌落愛情陷阱。」

「我對表弟有信心，他和我一樣是一個意志堅定的男子漢大丈夫。」浩輝笑著對妻子說。

通過獅門大橋，途經一片森林，車子停在吊索橋公園前的停車場上。

進入公園大門，茂盛的綠樹濃蔭前放置高大的印第安人巨木雕像，以及彩繪的印第安人圖騰、門飾、柱子等雕像，彎角位置還有一間茅屋和木輪水車，再往前走就可見到公園裡那座長長的吊索橋了。吊索橋全長約四百多英尺，像一葉特長的扁舟，從綠叢中穿出，深入彼岸的綠叢中，橋的扶手處由兩柱杯子般粗的鋼絲索牽引著，因為人多而步伐不一致，走在橋上感到左右搖晃。

橋下的山溝泉水，順流而下，發出潺潺水聲，山谷兩岸是濃密的森林，綠樹從谷底長到崖壁上，樹與樹之間有一條鵝卵石鋪設的小路蜿蜒著伸向森林深處，森林中稍遠處還有一座架在高大樹身中段的吊索橋，從第一棵樹的中段走到另一棵樹的中段，再向第三、第四、第五、第六棵樹的中段走去，可以容納兩人擦肩而過的林中吊索橋，相信是昔日在深山林中的印第安人，為防禦猛獸毒蛇侵襲而生活在高樹上的習慣。

「你們去行走那座架在高大樹身中段的吊索橋吧！我血壓高不敢去玩。」王秋婷笑著走向公園的另一端。

當子健和美儀從吊索橋回到公園時，到處也找不到王秋婷的蹤影。

他們正徬徨不知所措的時候，子健的手提電話響起：「我有事要先走，你和美儀去吃飯吧！飯後要送她回家呀！」

兩人在附近的餐廳午飯後，子健駕車送美儀回家，再匆匆趕返自己的居所。

第二十八章 心嚮往蓬萊

天邊的白雲變成灰濛濛一片，鄭子健踏著黃昏的暮色，返回居住的洋房。

小狗翠絲搖著尾巴從鄰居的花園飛撲過來，速度極快，伴隨「汪汪」的叫聲，一瞬間，牠的雙腿已經趴到了子健身上。

「翠絲非常掛念你呀！這兩天牠時常跑到你家門前坐著。」老太太慈祥地笑著說。

「謝謝你們的幫忙。」子健衷心感謝。

鄰居外籍老夫婦和藹可親，他們家裡也飼養了兩隻牧羊犬，子健每次離家多天都會將小狗付託給他們照顧。

門開啟後，翠絲走進書房裡，子健跟隨牠進入自己的微型圖書館。四面都是到頂的原木書櫃，書房中間是一張超級大的木頭書桌，角落裡有墨綠色大梳化，地板上鋪著柔軟的地毯，書櫃裡、桌子上，到處都是書，子健沉醉在這個書房裡，如魚兒迷戀大海，小狗翠絲靜靜地趴在他身邊。

子健拿起雨晴創作的一部微型小說來看，心裡浮現絲絲惆悵。

昔日他和雨晴在原野上散步，他們收集著清晨的朝霧，黃昏的晚霞，深夜的月色，沒有人比他們更快樂，更幸福，更沉浸在那濃得像蜜似的感情裡，歡樂是無止境的，未來像黎明一樣光亮。但今天被安排和許美儀在公園遊覽卻沒有這種感覺，只感到時鐘走得很慢，希望旅程快些結束。是不願意在別人的操控下與女孩子交往？還是自己對這個女孩子沒有愛意？

子健輕拍著翠絲的頭喃喃自語，小狗吐著舌頭望向他，好像明白主人的心聲。

程思嘉的說話又在子健腦海中浮現：「你要小心處理兩人之間的關係，不要讓她誤會才好。」

子健苦思良久，決定將他和雨晴的合照放在辦公桌上，讓許美儀自己看見，不用直接拒絕讓雙方都感到尷尬，也不願傷害她，因為她是一位好女孩，只是他們沒有緣份！

翌日清晨，鄭子健返回辦公室，看見桌上放置一個精緻的食物盒，盒內有黑色壽司飯、紫色壽司飯和藍色壽司飯，飯中央放了熟雞蛋絲、小黃瓜、紅蘿蔔、鮪魚等，用大片的海苔片包裹成繽紛的壽司。

「慢慢享用！」許美儀拿著一杯香濃咖啡推門進入。

子健開啟食物盒時，故意將放在桌上他和雨晴的合照推跌在地上，美儀彎下腰身拾起來。

「這位女孩子很漂亮，她是你的……。」

「她是我的女朋友。」

「有機會介紹我們認識。」美儀眼中流露出片片失望。

午飯後，董事長召開高層會議，商討有關公司新產品在瑞士推廣的計劃。

「我們研發出的薔薇系列產品廣泛受到顧客歡迎，瑞士有集團希望與我們簽訂代理權的合約。」董事長何永富說出會議的重點。

「下星期我們四人包括我和金秘書、子健和美儀一起前往瑞士洽談細節和簽約，到時子健和美儀要詳盡介紹有關產品的資料。」

他們乘坐加拿大航空客機飛往蘇黎世，是瑞士最大的城市，全國經濟、金融、商業及交通中心。

抵達蘇黎世後，他們乘坐計程車前往住宿的酒店。公司安排了三間酒店套房，一間為董事長，一間為鄭子健，一間為金秘書和許美儀。酒店自助午餐後，美儀到子健房間內商談翌日簽約的事情。

「明天我們要做presentation，你有什麼建議？」

「我會詳細介紹薔薇系列產品的商品價值，對消費者的必要性，讓消費者感覺到擁有及使用這項商品會令他們開心滿意。」子健仔細分析推薦產品給集團的要點。

「你可以簡潔敘述產品的外觀和成效，配上最好的圖片，讓他們看到商品的優勢，可以令消費者一眼掃過就能看懂且產生興趣，引起購買的慾望。」子健微笑望向美儀：「或者你有別的建議？」

「你的建議非常好！希望我們明天成功與他們簽訂合約。」美儀笑著返回自己的房間。

翌日早餐後，董事長和他們前往瑞士集團的辦事處。經過兩個多小時的洽談，對方非常滿意子健和美儀的詳盡推介，雙方很快簽約。

返回住宿的酒店，董事長設宴慶祝，笑著對他們說：「明天我會去探親，你們也可順道遊覽瑞士這個美麗城鎮。」

「瑞士位於阿爾卑斯山脈間，境內如詩似畫的秀麗自然風景，那醉人的藍天雪山，碧綠湖泊，青蔥草地，木屋窗前燦爛的鮮花，確令人悠然神往！」美儀興奮地說。

下午，子健、美儀和金秘書結伴前往萊茵河瀑布，接近德國邊境，是目前歐洲流量最大的瀑布。從車站步行約十分鐘到遊覽船碼頭，再乘船前往瀑布中央的岩石，在岩石碼頭沿陡峭的石級走上岩石頂觀賞瀑布的美景，石級狹窄且濕滑，他們要小心翼翼，互相扶持才可以站立在岩石上，欣賞萊茵河瀑布的壯麗美景，但見急流洶湧而下，有如萬馬奔騰，衝激起如煙霧般的水花，氣勢磅礴！

翌日，三人乘火車前往琉森，一個建築在森林與湖泊中的小城，早期是小漁村，十八世紀時因建造修道院而薄有名氣，中世紀時更因宗教力量的影響而成為一座美麗的城市。高山、湖泊及著名的水塔花橋，配合湖邊別具特色的房舍，棲息於湖中的白天鵝及水鳥，為這個古老城市增添一份優雅風味及無限生機。卡柏爾橋位於琉森火車站左前方，木橋上有一座水塔，橋兩旁種植色彩鮮艷的小花，因此，有「水塔花橋」的美譽。橋上有十七世紀的木畫，介紹琉森市的歷史風貌，整條木橋極具典雅氣派。古城位於水塔花橋後面，有一系列的古老房屋，並排於湖畔，映襯著湖水更覺如詩似畫，廣場一帶佈滿色彩繽紛的紀念品店，加上古樸雅緻的小巷，令人有如置身於十六世紀的城鎮。

離開琉森，他們又乘火車前往盧達本納，約半小時車程，抵達這個如世外桃源般美麗的山間小鎮，恬靜的尖頂木屋村莊，散佈著牛群的青草坡，山谷兩旁瀑布處處的懸崖峭壁，四周連綿不絕的雄偉雪峰，構成一幅令人感動的風景畫。史杜白瀑布是瑞士最高的瀑布，水源來自山上的溶雪，瀑布的冰水飛墜而下，水花四濺，有「飛流瀑布三千丈」的意境。秦慕白瀑布是世界上少見的洞穴瀑布，阿爾卑斯山的三個高峰：少女峰、和尚峰及艾格峰的冰雪溶解匯聚成河，奔流而下，形成這個奇特的洞穴瀑布景觀。三人跟隨導遊從入口處先乘升降機至半山，再沿石級登上洞穴內的瀑布旁，在觀望台窺探瀑布下墜的情況，感受大自然澎湃的動力，使人有被洪流迎擊之感，非常刺激。

許美儀和金秘書擺動不同的姿勢拍照打卡，鄭子健只好權充攝影師，為她們留下倩影。當美儀希望和他合照時，子健總是以自己只喜歡拍風景相片而不喜歡拍人像照為藉口推辭。

下一站他們前往高爾，瑞士東部的一個小鎮，火車風景線伯連娜快車的起點站，又接近凱迪快車的起點站，所以，前來此地的遊客也不少。多年前，卡通片「飄伶燕」的主角小女孩凱迪故鄉的風光令人嚮往，凱迪的作者前往瑞士小村探訪同學時，把一個村女向他訴說生平的事蹟，改編成家喻戶曉的「凱迪歷險記」，後來更變成「飄伶燕」的卡通故事。他們前往凱迪故居參觀，凱迪以前住過的農舍已有三百多年歷史，裡面展示了居所設施及一些農耕用品，從故居旁邊的小路往山上走，約個半小時路程，就到達凱迪跟爺爺於夏天放牧時在山上所住的小屋，也是凱迪好朋友彼德趕羊上山吃草的必經之地。

離開世外桃源般的美麗城鎮，許美儀腦海中始終浮現起那些如詩似畫的山川湖泊、雪嶺雄姿，更重要是可以和鄭子健一起遊玩，她幻想自己能成為他的女朋友。

第二十九章 相思風雨中

接到表姐程思嘉電話告知鄭子健從瑞士公幹回來受傷的消息，方雨晴急速飛往加拿大。

飛機抵達溫哥華時已是凌晨，雨晴上了計程車往醫院。外面下著雨，像在車窗外掛了一層簾子，方雨晴凝望著迷茫的雨景，不自覺地，心房的顫動疊合在雨點上，單調而無限重複地迴響起來，目光愈來愈縹緲，彷彿是剛從千山萬水的遠方撲索回來似的。

到達目的地，雨晴付了車資， 背起行囊走進醫院大門口，循著指示牌找到了住院部。連綿的細雨，灑在小傘上，濺碎了，慢慢的，沿著濕滑的傘子邊緣滴下來，落在她左邊的肩膊上，她的心如千斤重，而腳底似又踩在輕飄飄的棉花上。

在醫院病房內，穿著病號服的鄭子健躺在床上，清瘦卻依舊英俊的面龐，嘴唇緊抿，他的眼睫毛似乎輕輕地顫抖著，像蝴蝶輕輕扇動翅膀。

雨晴記起表姐說過：「子健剛醒來的樣子，整個人了無生氣，像個冰冷的木頭娃娃，丈夫浩輝曾費盡心思想幫他，浩輝雖然念心理學，也曾幫助過很多人走出人生低谷，唯獨拿自家表弟一點辦法也沒有。」

鄭子健又看到渾身是傷，奄奄一息的自己，夜色那樣濃黑，天地寂靜，夕陽下溫柔靜美的城鎮轉眼就成了一座荒島，唯有他絕望的呼救聲在夜色裡響著。很快地，他的呼吸漸弱，身體往下沉……。一隻手溫柔地輕拍著他的臉，掌心的溫度令他下意識地貪戀，他握住那隻手，緊緊地抓住。他緩緩睜開眼，看到方雨晴關切的眼神。

「你還好嗎？又在做夢了！」雨晴抽出紙巾，給子健擦拭額上細密的汗珠。

早上，醫院門口還很冷清，董浩輝握住方向盤，正準備轉彎將車駛進醫院裡。車廂內，許美儀將保溫瓶抱到胸口處，緊緊地擁住，好像保溫瓶裡的東西需要她的體溫來保溫。

「看你如此悉心去照顧子健，他必定會感受到而慢慢愛上你呀！」姨媽王秋婷笑著說。

「他是我的救命恩人，我一定要好好照顧他，用盡方法讓他康復。」

三人下車後，乘坐電梯到五樓住院部，值班的護士對他們說：「有一位小姐來探望鄭先生。」

許美儀急步走向病房門前，抬起手推開房門。

病房角落裡的落地燈調節成柔和的光線，暖黃的燈光下，一位少女背向房門坐在病床前，正握著子健的手與他輕聲細語。

「你是誰？」王秋婷大聲詢問。

「她是思嘉的表妹方雨晴，也是子健的女朋友。」董浩輝走上前介紹。

許美儀依稀記起在鄭子健辦公室桌上掉下來的照片，合照上女子的樣貌，青春貌美，現在卻是落寞憔悴。

美儀擰開保溫瓶的蓋子，裊裊熱氣升起，一陣濃香飄散在病房內。

「既然醒了，餓不餓？喝點雞湯好不好？」她笑著問子健。

「我熬了一整個晚上，放了一些中藥在裡面，我特意找中醫房的醫生抓的藥，都是對你身體大有好處的。」美儀倒出一碗湯，端到子健面前。

子健靠坐在床上，靜靜地看著蹲在茶几旁仰頭望著自己的女子，她的臉龐隱沒在光影的暗處，看不清楚，但他知道，她帶笑的眼中一定有著濃烈的期盼，還有一點忐忑。

子健嘆口氣說：「美儀，你不是我的看護，不用這麼辛苦來照顧我。」

「你是我的救命恩人，為了救我而受傷，比起你所受的痛苦，我小小的心意算不了什麼！」

「那是一場意外，不是你的錯，你不必自責，你沒有虧欠我。」

「時間不早了，你們回去吧！這裡有醫生和護士，你們不用擔心。」子健坐在床沿上。

「雨晴今晚到表姐家住，明天回香港吧！不用擔心我，待我痊癒後我們再聯絡好嗎？」子健向浩輝說：「你和思嘉代照顧雨晴吧！」

第三十章 別時容易見時難

汽車在公路上疾馳著，車廂內沉默的氣氛醞釀著隔閡，像堵牆似的豎立在四人中間。

董浩輝緊握方向盤，從倒後鏡望向後座的母親王秋婷和表妹許美儀，她們正閉目養神。他再從眼角邊偷偷地看了坐在身旁的方雨晴一眼，看到她微蹙的眉梢和緊閉的嘴唇，倚著車窗，呆呆的望著窗外的景物，那些飛馳著向後退的樹木、田野和路旁的花朵。

汽車駛進寧靜的小鎮上，再轉入一片翠綠大草坪，兩旁種植顏色鮮艷花朵的庭園內，在一幢兩層高的樓房前停下來。四人下車後，王秋婷和許美儀進入右方的樓房，董浩輝帶領方雨晴走向左方兩層式的獨立屋。表姐程思嘉笑著走出門外，親切而誠摯的把手放在雨晴的肩上。

雨晴進入客廳內，在一張藤椅上坐下來。

「這茶葉是自己種的，沒有曬過，喝喝看是不是喝得慣。」表姐送上一杯茶。

雨晴端起茶杯，還沒有喝，已經清香繞鼻，杯子裡澄清的水，飄浮著幾片翠綠翠綠的茶葉，映得整杯水都碧澄澄的。雨晴喝完了茶，滿口清香，精神都為之一爽。

放下茶杯，表姐陪伴雨晴沿著梯級向上走，到二樓的客房去。

窗外，夕陽沉沉墜下，黑夜即將降臨。

「你看，天黑了，很快就又會亮起來。翻過去，又是新的一天。」表姐指了指窗外濃黑的夜色，輕聲對雨晴說。

董浩輝進入廚房預備晚餐。

「需要幫忙嗎？」

「不用，你們等著吃吧！」浩輝專注地處理手中的魚。

「你明天就回香港！不在這裡多住幾天嗎？」思嘉關心地問。

「子健有人照顧，我也幫不了什麼！」雨晴眼泛淚光。

「那個許美儀對子健有意，但我知道子健愛的是你呀！」

「我不想為子健增添任何煩憂苦惱，一切隨緣吧！人這一生，值得必須隨身攜帶的外物實在不太多，最寶貴的，始終是記憶。我已不強求我們必須在一起，只要我們好好地活著，在這個世界上的某個角落各自平安地活著，這就夠了！」

清晨的鳥鳴把雨晴喚醒，窗子已染上了明亮的白色。雨晴從床上起來，梳洗完畢，穿上一套淡粉紅色的運動裝，用梳子攏了攏頭髮，打開房門，沿著梯級向下走到客廳內。

當她經過廚房的時候，看見表姐正忙碌地預備早餐。

「起來了！你到花園逛一逛，再回來吃早餐。」表姐轉身對雨晴說。

雨晴穿過花園小徑，眼前翠綠的大草坪上還浮著一層淡淡的薄霧，東邊有山，太陽還在山的背後，幾道霞光已經透過了雲層，把天邊染上了一抹嫣紅。晨霧消散得很快，太陽爬上了對面的山脊，露出了一點點閃亮的紅，像給山脊鑲上了一段金邊。大地甦醒了，陽光燦爛而明亮。

思嘉將早餐放在桌上，雨晴望見桌上的美食：煙燻鮭魚班乃迪克蛋，奇異果、芒果、草莓與藍莓組合而成撒上奇亞籽與堅果的彩虹優格碗，馬鈴薯煎蛋，紅燒牛肉麵等。

「表姐真能幹！可以烹調出如此豐富美味的食物。」

「全靠我教道有方。」表姐夫董浩輝在旁呵呵大笑。

早餐後，董浩輝上班去，程思嘉駕車送方雨晴到機場。

「我們的一生裡，能遇見一個兩心相愛的人，不管能相伴走多久，已是生命的恩慈。」雨晴喃喃自語，眼淚滑下她的眼角，流進了她鬢邊的頭髮。她不知道她為什麼要流淚，只是，心底有一種突發的淒涼和徬徨無助。

思嘉用手背拭去了雨晴面頰上的淚痕，眼睛溫柔地望著表妹。

方雨晴回到家時，夜已經很深了。客廳裡還亮著燈，暖黃色的光線在夜裡溫溫暖暖的，她的心裡忽然就安寧了許多。就像往日一樣，不管她多晚回來，母親總是亮著一盞燈，等著她。

第三十一章 踏著草浪而來

清晨的空氣涼沁沁的，帶著些露水和青草的氣息。太陽已經爬上了地平線，把東邊的天空染成了緋紅和淺紫。地上的草是濕潤的，遠處的山朦朦朧朧的隱現在一層薄霧之中。太陽昇高了，小草上的露珠迅速的蒸發消逝，草葉明亮的迎著陽光。方雨晴低垂著頭，毫無意義的數著自己的腳步，一面細心的不去踐踏到路邊的小草。

小徑上堆積了一層落葉，乾燥清脆，踩上去簌簌有聲。雨晴仰起頭，陽光從葉隙中射入，像一條閃亮的金帶。大樹上有一個鳥巢，一隻小鳥伸出頭來看了一眼，立即又將頭縮回去，雨晴有些想笑，卻不知道為什麼笑不出來。

走出樹林，雨晴來到一條小溪邊，溪水細細的流著，水邊有疏疏落落的大樹，樹枝參差不齊的伸向河水。雨晴扶著一枝樹幹，沿著岸邊的草叢，滑落到溪邊石子密佈的河床上。她脫下鞋子，提在手上，赤腳踩在石子上有些疼痛，但她並不在意，只彎腰望著水中的自己，腦海一片迷迷茫茫的感覺。當她直起腰來，望見岸邊雜草叢生的河堤旁，一位男子正站在溪邊的大樹下向她招手。

方雨晴走出溪水，赤腳走到岸邊，看見自己的朋友洪偉文老師手裡握著一個調色盤，另一隻手提著一支畫筆，身旁放著一個畫架。雨晴繞到偉文右邊，對他的畫紙望了一眼，看見畫紙上描繪著一位少女彎腰站在溪水中央的倩影。

「我本想畫日出映照草浪，卻無意中看見你站在溪水中那種臨波照影的姿態，靈感在腦海裡閃現，便畫好這一幅作品。」偉文笑著將畫紙取下來：「希望你不會介意成為畫中的主角。」

「可否送給我？」

「請你笑納！」

「你也來找尋繪畫的靈感？」偉文和雨晴並排坐在岸邊。

「我只想來散心！」雨晴幽幽地嘆氣！

「有什麼煩惱困擾？假如有甚麼不如意的事，可否說給我聽？我辦到的，一定盡力幫忙。」

「謝謝你。」雨晴掩飾著：「我沒事的。」

「我們是朋友，你也曾幫我走出被問題學生困擾的日子。」偉文很想說出他喜歡雨晴。

雨晴望著偉文真誠溫柔的目光，低聲說出她和鄭子健的關係，以及子健在加拿大受傷但有別的女子照顧的事宜。

偉文在很多事情上非常果斷，唯獨對感情，因為以前從未喜歡過一個人，反而不知如何表達。當他還在遲疑的時候，雨晴卻在小溪邊，眼眶含淚地對他訴說壓在心底的那段深刻的愛。偉文心裡想要表明的感情，如天亮後的潮汐，慢慢退回心底深處。他不是害怕被拒絕，而是害怕一旦袒露心跡，彼此再也不能如往常一般無話不說。在他看來，愛可以是一個人的事情，有些感情，放在心底，未嘗不美。雖然會有孤獨，但他從不覺得苦，愛本身就是一件孤獨的事。

太陽燦爛的在樹葉上反射，偉文看見雨晴被太陽曬得發紅的臉龐，他自己的額上冒出了汗珠，鼻尖也曬得發痛。偉文收拾起畫紙，把畫筆顏料都收了起來，偕同雨晴一起走向附近的一座小樹林。沿途有許多紅得透明的野生草莓，映著陽光，像一粒粒浸著水的紅寶石。他們停在一棵大樹下面，看到樹下積著乾燥的落葉，旁邊有一串紫色的小花，一隻小蜜蜂在樹叢間繞來繞去，發出嗡嗡的輕響，在前面濃密的樹葉裡，兩隻褐色的小鳥在嬉鬧著。雨晴抬頭看著前面的樹林，各種不同的樹木疏落散佈，偶爾點綴著幾株紅葉，再加上那一彎清溪流水，如果想繪畫，材料該是取之不盡的。

第三十二章 無盡的等待

鄭子健望著窗外的晚霞由明亮轉為暗淡，心中恍恍惚惚，無法解釋的哀愁從暮色裡飄來，輕輕的罩住了他。在醫院的日子裡，就算是一片雲、一朵花、一塊小鵝卵石，都會帶給他哀愁的感覺。那種酸酸楚楚又虛無飄渺的感覺，就像黃昏的光線一樣輕而柔，使他感到自己是活著的、存在的。

許美儀第一次來到鄭子健家裡時，為了要幫子健整理家居，她進了房間，就直奔閣樓，上樓梯的時候，她忘記自己正穿著高跟鞋與長裙，步子跨得大，鞋跟踩著了裙子，「砰」的一聲，她整個人從樓梯上摔下來。子健將她扶起來，才發現她的小腿被刮傷了，有血跡滲出。

「我去拿藥箱。」子健將酒精棉輕輕的擦在美儀小腿傷口上。

出院回家休養的時候，許美儀下班總會往鄭子健家裡跑，送上豐富的營養膳食，噓寒問暖。

假日，美儀往探望子健，忽然，有什麼東西從走廊盡頭的方向撲過來，速度極快。她一驚，下意識就想閃身，可立即又想到身後就是樓梯，猶豫的瞬間，那團陰影已經撲到了她的身前，伴隨一聲「汪汪」的叫聲，牠雙腿已經趴到了她身上。

美儀嚇得失聲驚叫，身體往後仰，慌亂中她還留有一絲理智，伸手撐住牆壁，才避免失足跌下樓梯。她站在階梯上，拍著劇烈跳動的胸口，一隻鬆毛犬蹲在樓梯口，吐著舌頭，黑漆漆的眼睛瞪著她，彷彿有一點惡作劇得逞的模樣。她剛一邁開步伐，那隻可惡的狗也站起來，衝著她狂叫，她後退一步，牠又悠悠閑閑地坐下來，不叫了，吐着舌頭望著她。美儀並不怕狗，相反她很喜歡狗，此刻她不敢動彈，因為她不確定這隻狗會不會咬人。

「翠絲，快走開！不要惡作劇。」子健走過來，看見美儀那個狼狽的姿勢，笑罵著鬆毛犬。

「不要怕！小狗太頑皮。」子健拿著一杯香濃咖啡給美儀喝。

鄭子健感到疑惑，翠絲第一次見到方雨晴時，歡欣地飛奔到雨晴身旁，連他的召喚都置之不理，在草地上和雨晴玩得不亦樂乎。但見到許美儀時，卻頑皮地戲弄她，又阻止美儀前進。是小狗喜歡雨晴而不喜歡美儀？還是巧合？

子健記起自己曾經對雨晴說過：「我會愛你多久，就像存在你頭頂的星星。我會需要你多久，就像歲月需要年復一年的四季。」如此漫長的一段光陰歲月，他們都存在於彼此的生命裡。

美儀很好，性情溫和，善解人意，沒有富家女的驕縱之氣，可她再好，也不是子健心裡的那個人。子健心裡愛著的始終是遠在香港的方雨晴，他心中牽掛著的是當年恩人身旁的小女孩雨晴。

「美儀，我已經痊癒了！遲些可以返回工作崗位，你不用這麼辛苦來照顧我。」子健真誠地說。

「你要多些休息，完全康復再上班去，我會代你處理公司的事務。」

「你不要對我這樣好，也不要浪費時間在我身上，別等了！不值得。」子健語氣輕柔地說。

美儀抬頭看著他，固執而鄭重的語氣：「值不值得，由我自己來判斷。」

子健在心底嘆了口氣，自己何嘗不也是心中充滿了執念。

第三十三章 共創新天地

半年前，洪偉文老師兼任視藝科主任，他在學校成立了「數碼特攻隊」，最初只是屬於課外活動的興趣小組。後來，獲優質教育基金資助，成為學校的資優小組，讓對攝影有興趣的學生參加。

資優小組有十多位成員，李旭和張樂文是其中兩位比較有天份的學員。除了教授學員基本的攝影技巧外，老師會按不同課題引導學員欣賞攝影作品，每次課堂中，學員都有練習和實踐的機會。此外，老師會帶學員到不同的地方去取景，除了景物外，老師更鼓勵他們以人物、動物或飛鳥為攝影對象。

週末，洪偉文老師和鄭彩雲老師帶領「特攻隊員」到訪新界米埔，參觀這個濕地搖籃的自然保護區，方雨晴也被邀請出席。

有「雀鳥天堂」之稱的米埔自然保護區，位於香港西北面，毗鄰后海灣濕地，每年冬天都會吸引數以萬計的候鳥在此稍作休息與補給。區內有基圍、淡水池塘、潮濶帶泥灘、紅樹林、蘆葦叢及魚塘等六大濕地重要生態環境，為不同野生物種提供棲息之所。

洪偉文老師預先在網上報名參加米埔生態導賞團，報名活動的同時亦預約穿梭巴士前往。學生張樂文看見方雨晴時，熱情地上前和她打招呼。

「學校生活如何？爸媽好嗎？」雨晴輕拍著樂文的肩膀。

「媽媽時常提及你，爸爸說幸好得到你的幫助，我們一家人可以快樂地生活在一起。」張樂文低聲說著。

「看來我們這位社工姐姐真是功不可沒！」鄭彩雲老師笑著說。

「是呀！重返校園後，李旭和張樂文成為好朋友，他們一起學習，課餘又積極參加有益身心的課外活動，對攝影有興趣又有天份，被選派為正副數碼特攻隊長。」洪偉文老師讚不絕口。

他們跟隨導遊沿著小徑向前走，看見鳥兒棲身樹梢，偶而迴旋飛舞。

「這是棕背伯勞，有黃褐色的長尾巴，外貌馴良，實則以食肉為主，慎防給牠啄一口。」

「那是藍翡翠，叫聲多樣化，有婉轉的歌喉，也有刺耳的鳴叫。」導遊向學生介紹。

李旭急速拿起數碼相機，拍下這美好的片段。

「使用望遠鏡時，要左眼閉起右眼張開，對準焦點轉動鏡頭，左眼開時右眼閉，焦距準確眼睛雪亮，始能看清鳥兒的廬山真面目和展翅風姿。」導遊耐心向大眾講解。

張樂文拿起望遠鏡，正要看清鳥兒的樣貌，牠們很快地飛走了。

除了觀賞鳥類和野生動物外，導遊又帶領他們到隱藏打卡點基圍濕地影相，建議各人可以站到橋上去拍照，不必等到下雨後，就有天然的天空之鏡的效果。

週一下午，張樂文剛完成「數碼特攻隊」的課堂，回家途中，他看見一位老婆婆正推著裝滿紙皮的手推車，在前面緩慢地走著。婆婆的身體已經彎得像一隻蝦，仍然氣喘呼呼地推車，看了令人感到心酸！樂文拿起數碼相機，捕捉這個片段。他將所見的事情告訴媽媽，媽媽指出有很多老人生活在貧窮線下，他們不願拿政府的綜緩金，就要靠自己，寧願推著手推車撿紙皮。前些時日，有一間快餐店為了宣傳推銷，將一盒三十多元的飯盒，只象徵性地賣一元，限量二十盒。一位老婆婆排了三個多小時才買到一盒飯，記者問她感到辛苦嗎？老婆婆說她每天只吃餅乾，現在有飯吃很滿足，排了三個小時也值得。樂文感動落淚，他要將攝影作品交到洪偉文老師手上。

週日，李旭跟隨爸媽來到舊式涼茶舖，看見櫃台上有多個長方型的水機，不停有飲料在裡面翻動著。在透明的器皿內，有淺灰色奶狀的火麻仁，深褐色的五花茶，還有淺褐色的酸梅湯，也有翠綠色的甘蔗汁。爸爸飲的甘四味苦茶，放在深褐色的瓦藥煲裡。媽媽告訴李旭：以前人們在夏天到涼茶舖來飲涼茶吹風扇，或到店內聽收音機廣播，是街坊鄰里聊天及休憩的好地方。李旭對這些懷舊的東西有興趣，他將水機、透明器皿和瓦藥煲都攝入鏡頭內，回校交給洪老師。

「兩位真不愧是數碼特攻正副隊長，攝影的技巧和取材都非常出色。」洪偉文老師嘖嘖稱奇，他決定將兩人的作品拿去參加校外學生組的攝影比賽。

第三十四章 寧靜的孤獨

陳笑儀走近窗前，用食指輕輕壓低一塊百葉窗片，街上冷清清，街燈瀉下昏黃的光線，三兩路人匆匆走過。

「午夜三時了，怎麼浩民還未回來？」笑儀呆望著牆上的時鐘，心裡牽掛深宵未返的丈夫。

街上嚨嚨的汽車聲把她吵醒，她跳下床，揉揉眼睛，頭有點兒暈眩，想是昨夜睡不安寧。她看時鐘，是早上九點鐘了！浩民整夜沒有回來。

手提電話鈴聲驟然響起，笑儀急忙接聽。

「喂，阿儀！我們去飲早茶啦！」是二姐響亮的聲音。

她急忙梳洗，穿著整齊赴約。

「看你的熊貓眼，昨夜又失眠啦！」二姐關心笑儀婚後的生活。

「浩民整夜未返，電話也沒有一個。」笑儀埋怨她的丈夫。

「嫁給醫生，你要有心理準備，丈夫工作忙，你更要習慣每一個枕邊冷冰冰的晚上。或許你們添一個小寶寶，為家庭增加溫馨熱鬧氣氛。」二姐安慰笑儀。

離開酒樓，笑儀獨自走去乘坐渡輪。海上船來船往，擊起滔滔浪花，但她的婚姻生活卻像一潭死水。笑儀討厭孤零零對著偌大的房子，她在外面流連一整天，到夜幕低垂才返回那裝飾豪華的家。她進門時發現浩民已回來，睡房傳來隱約的鼾聲。笑儀洗了澡，就往被窩裏鑽。浩民熟睡了，一點動作也沒有。

早上八時，洗手間傳來盥洗的聲音。笑儀走近洗手間，見到浩民用電動刨剃鬚子。

「老公，我孤零零在家，很寂寞呀！」她摟緊他，撒嬌地說。

「老婆，我十分忙碌，不能陪伴你。遲些我要去歐洲開會，你寂寞苦悶可以找朋友去逛街購物或者四處遊玩。」浩民在她的額前吻一下。

歡姐預備了豐富的早餐，浩民吃過後，迅即駕車返回醫院。

笑儀孤零零地坐在客廳寬敞的沙發上，她抬頭望著天花頂，眼神怔怔的，思緒一下子就飄出了好遠好遠。

笑儀第一次以浩民女朋友身份來到林家，第一次見他的家人，就聽到浩民說他奶奶、母親、嬸嬸們，自從結婚後就沒有再出去工作過。

那年秋天，浩民帶笑儀見父母商談婚事，度身定做禮服、選首飾。林家的婚禮流程非常繁雜，浩民又是長子，因此格外隆重，宴席分開兩場，中式西式各一場。

記憶裡的場景與眼前的重疊，笑儀站在屋子中央，張開手臂，任由做禮服的老裁縫拿著皮尺在她身上量來量去，先是中式禮服尺寸，接著又換婚紗設計師來量。英俊的設計師誇讚她的身材比例很好，穿他設計的婚紗一定非常美。她聽後，轉身朝坐在她身後微笑凝視著她的浩民得意地炫耀。

量完尺寸，又是選配首飾的時候。浩民母親對這些很講究，桌子上排列了十幾隻寬大的絲絨盒子，裡面陳列著琳琅滿目的首飾，有配搭中式禮服的也有配搭婚紗的。笑儀知道自己作為林家未來媳婦，在長輩面前，要懂得禮貌，當浩民母親詢問她意見時，笑儀指出首飾好看，讓林母為她選配。

折騰了好久，總算完事，笑儀輕輕呼出一口氣。浩民知道她有些疲倦，遂向母親打過招呼，便將她拉走了。

浩民的臥室在二樓，裡面有個小閣樓，整整一屋子的書，很多難買的醫學專業書，在這裡都可以找到。笑儀進了房間，就直奔閣樓，上樓梯的時候，她忘記自己正穿著高跟鞋與長裙，步子跨得大，鞋跟踩著了裙子，「砰」的一聲，她整個人從樓梯上摔了下來。

萬幸，她才剛踏上三個階梯。

浩民急速將笑儀扶起來，發現她的小腿被刮傷了，有血跡滲出。

「我去拿醫藥箱。」

浩民用酒精棉擦在傷口上，又低頭在笑儀的傷口上輕輕吹拂了幾下，捧起她被高跟鞋摩擦紅了的腳背，輕輕地揉著。

笑儀望著浩民溫柔的神情與動作，忽然伸手捧起他的臉，在浩民臉上親了一下，低聲喃喃自語：「浩民，你真好！」

視線漸漸變得模糊，直至有聲音將她拉回現實。

「太太，晚餐你喜歡中式還是西式？」歡姐從廚房走到客廳來問。

太陽從西山收斂起金色的餘輝，林中的小鳥已紛紛歸巢，天地間織出一簾厚重的暮色，月兒悄然從天邊升起，宛如俏麗女郎緋紅的臉頰，笑儀知道，夜已降臨。她披衣外出，沿著小河，獨自一人在月下漫步，享受著月光，享受著夜色，也品嘗著一份寂寞與孤獨。

「孤獨是寂靜夜晚的一杯清茶，散發著淡淡的芳香，孤獨是皓月當空時，登高望遠的一份思念，孤獨是在喧囂中，獨守的一方心靈淨土，孤獨能讓思緒瀰漫天際。」笑儀若有所思地說著。

第三十五章 緣份天空下

遇見浩民，是笑儀十八歲那年的秋天。

高中畢業後，陳笑儀相約同學方雨晴和袁紫瑤到家鄉暮雲古鎮遊玩。古鎮臨河而建，有幾百年的歷史，世代盛產土陶，渡輪是通往外面唯一的交通工具。也許是這裡除了陶窯，沒有什麼特別的東西，在古鎮旅遊事業開發泛濫的年代，暮雲鎮才得以保留了最原始淳樸的當地風貌。

古鎮的樓房，都是常見的那種土磚結構，房子比較舊，只有一層樓高，院子卻寬敞，每戶人家都會在院子裡開闢一個小菜圃，蔬菜自給自足。菜圃的旁邊，是小花園，開滿了色彩豔麗的花朵。圍牆下，枇杷樹、棗樹、桃樹、桂花樹、藍莓樹鱗次相連。而在院子角落裡，茂密的葡萄架下，還有一口石砌的小方井，清涼的井水搖上來，可以直接飲用。

笑儀和同學們住在爺爺的家中，老人對孫女和她的朋友遠道而來，非常高興，熱情款待。三個女孩子對古鎮一見鐘情，對陳家的院子更加喜歡。古鎮的日子，安靜、悠閒、恣意。她們幫爺爺伺候院子裡的菜圃與小花園，或者躺在葡萄架下的竹椅上看看書，談天說地。

傍晚時分，等太陽漸漸落下，天氣涼爽，笑儀、雨晴和紫瑤就會出去散步。沿著小石板路，穿過彎彎曲曲的小巷，一直走到河堤去。夕陽下的暮河裡，每天都有一群男孩子在河裡游泳，他們比賽誰能最快游到前方那座石橋下面。

聽著那些笑聲與歡呼，雨晴滿臉的羨慕與嚮往，想起自己年少時住在大帽山下雷公田村時，也曾跟隨表哥到小河游泳，在水裡恣意地遊蕩，童年歡樂的回憶在腦海中飄浮著。

「看！我的小表弟也在河裡游泳，他和鄰村的同學比賽，你們估計他會是第一個衝到石橋下嗎？」笑儀望著雨晴和紫瑤問。

「在古鎮長大的少年們，從小在暮河邊玩，個個都有好泳術，很難預測呢！」紫瑤笑著答。

一陣歡呼聲中，笑儀的小表弟明朗領先同伴許多第一個衝到石橋下。大顆兒站在橋墩上向他揮手，祝賀明朗贏了游泳比賽，笑儀開心地鼓掌，向小表弟伸出大拇指。

那天大家興緻高昂，在河堤旁一直玩到天黑。正準備離開時，一聲巨大的聲響令所有人都往後看去，暮色沉沉中，遠處的石板路上，一輛小汽車正撞向路旁的石墩上。人群中有片刻的安靜，少年們面面相覷，雨晴第一個跑向前，紫瑤和笑儀跟在後，少年們也相繼跑到現場。

雨晴發現車窗是緊閉的，她繞到車前方去，透過擋風玻璃，首先映入眼簾的是一個受傷的男子伏在駕駛方向盤上。

「你們快去幫手救人呀！」紫瑤急忙對還在呆怔的男孩說。明朗反應過來，招呼同伴，又跑到岸邊，撿了一塊大石頭，急速跑返現場。

忽然，「砰」的一聲響。

雨晴回頭看，發現明朗正舉著一塊石頭，敲碎了車窗。

少年們合力將車窗玻璃徹底弄開，然後小心翼翼地將趴在方向盤上的人慢慢拖了出來。

雨晴雙手忍不住微微發抖，她喘著氣，伸手探向陷入昏迷中男人的鼻端，然後，輕輕舒了一口氣。感謝上天，他還活著。

「他的額角受了傷，要趕緊把他送去醫院救治呀！」雨晴轉向同伴說。

三個女孩子來古鎮遊玩，對古鎮的地理環境不熟悉，也不知道古鎮的醫院在何處！

「明朗，你快些跑回家找人來幫忙送他到醫院。」笑儀催促小表弟。

醫院內，穿著青色制服的護士預備為病人登記。

「他是交通意外的傷者，未能接觸到他的家人，由鎮上好心人發現並送來醫院的。」

護士轉頭望向睡在病床的男子，忽然「咦」了一聲，快步走到病床邊，驚喜地說：「你醒啦？」

醫生走過來，伸手探向男子的額頭：「燒退了。你覺得怎麼樣？哪裡痛？」

床上的男人卻彷彿沒聽到一樣，兩眼獃獃，神色裡全是茫然，怔怔地盯著天花板。

「喂，醫生問你話呢！」護士湊近，伸出手在他眼前晃了晃。

「你家人的電話是多少？」她還想再問什麼，卻被醫生拉住：「他剛醒，你讓他緩一緩。我們先出去。」

走出病房，護士小聲問醫生：「你說，他不會被撞傻了吧！」

醫生皺了皺眉：「我也不確定，要做腦部素描檢查才知道。」

古鎮夏日的夜晚，靜謐而悠長，晚風溫柔，頭頂星空朗朗，月色無邊。忽然，電話鈴聲響起，笑儀拿起聽筒，對坐在梳化的老人說：「爺爺、爺爺，派出所有人找你。」

原來昨夜老人報了公安，急速將受傷男子送往醫院，未有交代詳情，只留下自己的聯絡電話。派出所所長在肇事汽車的坐椅下找到個人物品，他估計老人認識受傷男子。

翌日清晨，笑儀、雨晴和紫瑤陪伴老人到鎮上的派出所去領取車禍受傷男子的個人物品，其中包括錢包、身份証和手提電話。接著，他們到醫院去探望男子，順道將有關物品歸還給男子。

「患者頭部的傷倒沒有大礙，只是，他對發生了什麼事完全不記得了，這是……」醫生頓了頓，沉聲說：「失憶的癥狀。」

他們進入病房，室內的燈是溫暖的明黃色，映著陳舊的擺設，空氣裡瀰漫著淡淡的消毒藥水味。而角落裡一張小床上躺著的男子，怔怔地望著天花板發獃，完全沒有動過一下。

「哎，你還好嗎？」雨晴走過去，微微俯身望著他。

「有沒有哪裡不舒服？」紫瑤輕聲問。

「我叫陳笑儀，你呢？你叫什麼名字？」

床上的人置若罔聞，任由各人詢問，他似乎很喜歡發獃，總是沉溺在自己的世界裡。

「這是你的個人物品，現在交還給你。」老人將一個小皮包放在男子身旁。

男子轉過身來，打開皮包，拿出手提電話，一張身份証件掉在地上。

笑儀俯身拾起來，看到証件上寫着林浩民三個中文字。她迅速把身份証放回男子手中，他卻觸電似的縮回雙手，似乎很不習慣別人的碰觸。

雨晴笑了笑，轉身悄悄向笑儀說：「我們回去吧！讓他好好地休息，這裡有醫護照顧，希望他早日痊癒。」

第三十六章 喚醒沉睡片段

老人問醫生：「他的失憶症是不是不會好？」

「不一定，失憶症這種病，至今在醫學上也是個謎團，也許一輩子，也許過幾天忽然就好了。」

古鎮上的民風淳樸，人情味濃厚，老人自從兒女成家搬離故居後，樓房只有他一個人居住。前些時日孫女和同學們從遠方來古鎮遊玩和探望他，門庭熱鬧溫馨。孫女離開後，一切又回復平靜。

雖然家裡突然多了一個陌生人，總有些放心不下，但老人相信自己看人的眼光，希望能夠幫助浩民追尋失去的片段記憶。

浩民每天很早就起床，到井邊搖水洗臉，然後默默坐在葡萄架下的竹椅上看書。他從不挑食，給什麼吃什麼，但吃得很少，幾天下來，明顯感覺他的臉瘦了一圈。

每個夜晚，晚飯過後，老人把家裡的竹躺椅都搬到院子中央，從小方井中取出在涼水裡泡了整天的西瓜，切開來，冰涼爽口。兩個人並排躺在竹椅上，吃西瓜、聊天。大多時候都是老人在說，浩民在聽，卻從不接腔，他只會緩緩地搖著手中的蒲扇，給老人趕走蚊子。

老人陪伴浩民散步到他出事的地方，希望喚起他的記憶，可惜都是失望而回。

那天傍晚，暮雲古鎮為古老的傳統節日舉辦活動，家家戶戶都會摺紙船到渡口去放，天黑的時候，小孩們還會放飛很多隻孔明燈許願。

明朗陪伴外公去渡口放漂紙船，浩民也被邀請一起前往。等到天徹底黑下來，浩民陪明朗放飛了三隻孔明燈才回去。河的岸堤狹窄，沒有路燈，浩民拿著手電筒，照射著一老一幼在前方行走。那時候歸家的人很多，有小孩嬉鬧著從他們身後追過來。推擠間，眼見要將前面的老人撞倒，浩民迅速地跑向前，伸出手將老人拉住然後往裡面一推，電光火石間，他自己卻失去平衡跌下了岸堤。

在明朗的驚叫聲中，浩民只覺得頭昏目眩，最後身體穩固在濕潤的河沙灘上，額上傳來尖銳的刺痛，有液體緩緩流進眼睛裡。閉眼的瞬間，在強大的疼痛與昏眩中，記憶如浮光掠影，一幀幀地擠進了他的腦海裡。

那天晚上，浩民躺在床上，怔怔地望著天花板發獃，猶如當初他在醫院從昏睡中醒過來一樣。但此刻，他記起了所有。

浩民祖籍浙江南潯，祖父喜愛江南園林建設，庭院構架，九曲迴廊，一泓碧波，一磚一瓦，無不是古色古香，浩民童年就在這個靜謐古樸的園林裡渡過歡樂時光。

朦朧間，浩民腦海浮現起在高聳茂密的竹林間，成群結隊的螢火蟲飛舞其間，發出星星點點的光亮，輕盈地舞動著，劃出一條條宛如銀河的光帶，在夜色裡，美得如夢似幻。

那年暑假，祖父和他一起到竹林古廟遊覽的片段浮現眼前。

車子開了快兩個小時，終於抵達山腳，祖父牽著浩民，攀過一段彎彎曲曲的石階，便進入了竹林。這是一片遼闊而稠密的竹林，空氣裡瀰漫著竹葉淡淡的清香，浩民忍不住閉眼，深深地呼吸。

竹林深處的那座古廟，除了大殿壁上刻著年代久遠珍貴華麗的壁畫外，最令祖父念念不忘的，是主持師父煮的茶了。師父從陶罐裡拿出茶葉，緩慢地將水注入陶杯中，水是山澗的泉水，清澈冰涼。裊裊升起的茶霧中，浩民靠在祖父的肩膀上，靜靜地望著遠處的密林。清風拂過，吹動廊檐上的銅鈴，叮叮噹噹，清脆而曼妙。

如今夢醒了，浩民知道，是離開的時候了。

離開的前一晚，他一夜無眠，坐在葡萄架下的竹椅上怔怔發獃。他抬頭望著天上圓而皎潔的月亮，月色的清輝映照著這院子裡的一草一木，那樣靜謐而溫柔的模樣 ，令他眷戀。

「很晚了，回去睡吧！」老人從樓房內走出來，輕輕拍著浩民的肩膀。

「謝謝你！」浩民將手腕上戴了多年的手錶取下來，放在老人手上。

「沒有什麼可報答你對我的恩情，這手錶留作一點記念。」

一個多月來與老人相處的日子裡，浩民感受到老人無私的愛與照顧，心中泛起無限感激。

翌日清晨，老人在渡頭送別，聲音帶著沙啞：「好好保重！」

臨別依依，坐在渡輪上，看到在岸邊漸漸遠去的身影，浩民眼泛淚光。

第三十七章 相逢猶如在夢中

十一月初，總編輯夫婦相約方雨晴前赴上海參加滬港兩地的兒童文學研討會。

會議場地設於宋慶齡故居旁，宋慶齡故居是一幢德式紅頂白瓦的船形建築，故居底層是客廳、餐廳和藏書室，有宋慶齡生平陳列展和各種文物紀念品。

研討會主要探討《兒童文學中的童年精神》，探討兒童的意識形態、思維活動、心理狀態以及在不同歷史時期和環境中兒童文學的特殊性，讓大家擦亮心靈的鏡子，回憶童年時光，永保童心。

會議後，主辦單位安排大家前往浙江南潯古鎮一日遊，欣賞江南水鄉的秀麗風光。南潯建鎮已有七百多年的歷史，文化悠久，人才輩出，風景優美。南潯名勝古蹟眾多，與自然風光和諧融洽，既充滿著濃郁的歷史文化底蘊和靈氣，又洋溢著江南水鄉古鎮詩話一般的神韻。

「浩民是我的好朋友，他的故鄉在南潯，可以帶領我們遊覽古鎮真是難能可貴。」總編輯黃老師向雨晴介紹著。

「是呀！他也喜歡文學創作，出版了很多散文和小說集，你們可以互相切磋交流一下。」黃太太笑著說。

雨晴和浩民微笑握手，彼此交換名片。四目相投下，一種似曾相識的感覺浮現在雙方腦海中。

南潯鎮的通津橋畔，一家名喚「五福樓」的小麵館卻歷經百年，像是特意為南潯人保留著一段逝去的回憶，悄然守候在絲行埭的老街上。雕花窗欞、八仙桌，古色古香的店面裝飾，懷舊又溫暖，當家的菜牌只有一樣，最香的酥肉爆魚麵。沿著城中的鷓鴣小溪，即來到巨園之一的小蓮莊。園林的中心是一個佔地十畝的荷花池，回廊、亭閣、假山、老樹、古藤點綴其間，一條曲而長的回廊幾乎將半個池塘包圍，給人的感覺是一分寧靜與淡泊。

百間樓前的河道原是運河，沿這條河散步，那一道道高聳的封火山牆，有的形如雲頭，有的似觀音，那一道道拱形的過街卷洞口，一道道木柱廓簷，一道道河岸石階、水埠，與映在河水中的倒影，連同槳聲隱約的漁歌，構成了一幅幅透著濃郁水鄉特色的水墨畫卷。兩岸民居臨水而築，隔河相對，有石橋相連。沿河是條長街，沿街房屋黑瓦覆蓋，底層均有披簷，簷下的柱廊就立在河沿上，倘若得到房舍主人的同意，遊客便可進去參觀。天井雕花的木窗，別致的磚樓，古樸的廂房，無處不洋溢著獨特的水鄉古鎮氣息。南潯橋多，民間早有「十步一橋」的說法，一座座小橋溝通了小城內如織的水路，半圓形的石拱橋橫跨在市河之上，與水中的倒影組合成一輪滿月，斑駁的青灰色像清晨的殘夢，總會勾起一股思鄉的情緒。

晚上，林浩民做了那個許多年來一直纏繞他的夢。夢中，一條長長的走廊，各種聲音從走廊上無數間緊閉的房間內穿透出來，交織成一種交響樂曲，灌進他的耳朵裡。他看到自己在走廊上氣喘吁吁地奔跑，那條陰森的走廊，彷彿沒有盡頭，他怎樣努力地奔跑，也找不到光亮的出口。一位少女走在他的前方，將他從暗黑的長廊中帶領出來，又伸手到他的鼻端輕輕探了一下。

凌晨三點，浩民從夢中驚醒，腦海浮現起少女的面貌，想起日間交換名片的少女有幾分相似。

黃老師夫婦希望多留上海數天，雨晴也被邀請結伴順道遊覽各處風光名勝。

浩民家住上海，自然樂於權充導遊，陪伴大顆兒一起遊玩。

首先，他們到城隍廟和外灘去觀光。老上海的時候，城隍廟是上海各種慶典的集中地，日夜繁華，而今改建為具有民族傳統的旅遊購物中心，城內小店鱗次櫛比，各種特色商品琳瑯滿目。到城隍廟最重要是體驗老上海小吃，也到松雲樓親嚐八寶飯、南翔小籠包和酒釀丸子，這些地道上海美味小吃，令人流連忘返。

接著，到外灘觀光，外灘曾經是上海作為遠東金融中心的象徵，位於黃埔江西岸，全長約十五公里。外灘最初只是一片荒蕪的淺灘，沿灘有一條狹窄的泥路，清道光年間，英帝國在上海開闢租界，外灘上陸續出現十餘家外資和中資銀行，成為上海的金融中心。

閒談間，浩民笑問雨晴：「你曾否到暮雲古鎮遊玩？」

「五年前，高中畢業那年，我和同學一起到她的家鄉遊玩，對古鎮原始淳樸的風貌非常喜歡。」

「有特別事情發生嗎？」

「救過一位受傷的男子，不知道他近況如何？」

「我真要謝謝救命恩人呀！」浩民雙手合十，對雨晴微笑著。

雨晴將電話號碼輸入浩民的手機裡，在姓名那裡寫下了「方雨晴」三個字。他看著手機屏幕，輕輕念她的名字。他回撥過去，微笑著揚了揚手機：「這是我的號碼，你存好啦，我會再聯繫你的！」

第三十八章 浪漫雨中行

金秋時節，世界華文微型小說國際研討會在汶萊舉行。

總編輯夫婦再次邀約方雨晴前往，林浩民也從上海取道香港結伴同行。

汶萊位於加里曼丹島西北部，與新加坡、馬來半島、泰國、越南等國隔海相望。汶萊本是一個貧窮落後的小國，自從發現石油後，經濟結構發生巨變，特別是六十至七十年代發現更大儲量的海上油田和天然氣後，汶萊逐漸成為一個富有並令人刮目相看的國家。

他們乘坐汶萊皇家航空公司客機前往首都斯里巴加灣市。

微型小說研討會分別由汶萊、中國、德國、馬來西亞、香港、日本、泰國等地的文友從不同角度去探討微型小說的魅力與特質，它的社會意義與發展路向。台上講者真情演繹，台下聽眾全神貫注，最後，由主持人總結講者的論文要點。參與者更善用茶點時間去互相交流傾談，場面熱鬧，氣氛融洽。

歡送晚宴內，主持人風趣幽默，各地代表憑歌寄意，或是以笑話傳情達意。

「現代作家真是文武全才，各自擁有生花妙筆之外，更是能歌善舞、能言善辯。」林浩民笑著說。

「微型小說就像微風吹起一朵朵絢麗的浪花，在陽光的折射下盡顯世態人心。」方雨晴輕輕讚嘆著。

「難得我們相遇，新知舊雨歡聚，不如一起暢遊這個人稱熱帶雨林天堂的汶萊吧！」總編輯夫婦提議著。

眾人拍掌和議，由主辦單位聯絡當地導遊，帶隊到著名景點遊覽。

素有「東方威尼斯」之稱的汶萊水村是建在汶萊河上的水上民居點，汶萊河上架起的高腳木屋組成水村，是最早到汶萊移民安家立足之地，也是汶萊經濟與文化的發源地。水村之間以木橋連接，居民可通過木橋或乘坐稱為「水上的士」的小木船來往水村與陸地之間。在晚間遊覽水村更是另有一番情趣，閃爍的燈光星星點點，蜿蜒八公里，連成一條長龍，好像天上銀河倒影入人間。

汶萊不僅蘊藏著豐富的石油與天然氣，更有保護良好的森林資源，淡布倫國家森林公園是汶萊最大的天然公園。到淡布倫區去一般要穿越曲折蜿蜒的汶萊內河，乘坐木製機動快艇，河水滔滔，微風輕吹送，河道兩旁叢林處處，偶有海鷗飛過，頗有出塵脫俗的快感！

汶萊雨季，河水迅猛，河澗與河底石縫中迸發出來的激浪猛烈撞擊船底，船隻搖晃，驚險刺激。船外景色卻十分迷人，河水清澈見底，有「輕舟已過萬重山」的意境。

接著乘坐獨木舟到雨林地帶，四人同坐一舟，各人要穿上救生衣，由當地人掌舵。小舟在急流淺灘穿梭往還，滿眼翠綠，人歡水笑，好一幅構思奇巧的水墨圖卷。約半小時行程，到達熱帶雨林區，踏著青階古道攀登而上，飛禽走獸無緣遇見，只見園林古木參天，落葉鋪地，野果掛滿樹梢。但空氣潮濕，綠樹蔽天，蚊蟲滋生，踏上千步梯級前往，步伐有些沉重，數度喘氣，才抵達頂點。

午飯後，導遊帶領各人前往觀看瀑布，但要赤腳踏在碎石藤蔓之上經過沼澤前往。

雨晴痛楚無比地踏上滑石頭，攀扶枯樹幹野草藤前行。雨晴被藤蔓絆倒，險些跌落水中，浩民急速從後將她扶起。

忽然，雨晴的身體被騰空抱起。

她呆住，仰頭愣愣地看著浩民。

浩民輕聲說：「摟住我脖子」便邁步往前走。

雨晴默默地伸出手，緩緩勾住浩民的脖子。

他緊了緊手臂，她的臉便貼上了他的胸膛。

一片紅暈立即蔓延上她的臉龐，她動了動，將整張臉都埋到他的懷裡，生怕被他發現了她紅透的面孔。她第一次與異性靠得如此近，也是第一次被異性以如此親密的姿勢擁抱，她咬住唇，怕自己忍不住發抖。

他抱著她，一步一步，走得緩慢卻穩重。她聽著他平緩的心跳聲，她聽到自己劇烈的心跳聲，彷彿要從胸膛裡跳出來。悸動過後，他帶給她的，最最震撼的，是溫暖。從他身上傳遞到她身上的溫度，令她溫暖得想哭。

那種溫暖，就好像，寒冷的冬夜裡，躺進厚厚軟軟充滿陽光味道的被褥裡，就好像，淒冷的雨夜裡，遮在頭頂的一把傘，就好像，難過哭泣時，一個溫暖的懷抱。

最後，各人穿上耀目的橙色救生衣，坐在獨木舟上，來一個歡樂大合照留念！

森林公園最具刺激性的就是登上五百多級高的爬山階梯，到達山頂，還有二、三十米高的鋁合金屬架立面前，再拾階而上，頓時感到豁然開朗，鬱鬱葱葱的熱帶雨林漫山遍野，極目遠眺，層巒疊起，雲霧飄渺，詩句：「欲窮千里目，更上一層樓」的意境完全可以領略到。一望無際的熱帶雨林，使人頓時感悟大自然的偉大。

第三十九章 渺渺知音人間尋

千樹綻綠，春回大地，林浩民燈下提筆，腦海飄過那些和方雨晴相遇的日子。

滬港兒童文學研討會在上海舉行，浩民有機會和雨晴相聚在童年的星空下。創作可以讓浩民找到自己的夢想天地，雨晴親切的笑容，令浩民心中現出一道彩虹。

紅塵琉璃，幾多疏影，希望總會在失望的那一刻被重新點燃。那些以為錯過的故事，那些以為擦肩的遺憾，總會在漸漸淡忘的時刻，被另一種重逢驚醒。世界華文微型小說國際研討會在汶萊舉行，令林浩民和方雨晴再次重聚在文學的天空下。

歡送晚宴上，各地代表憑歌寄意。

「難得我們相遇，新知舊雨歡聚，不如一起暢遊這個人稱熱帶雨林天堂的汶萊吧！」總編輯夫婦提議著。

導遊帶領各人前往觀看瀑布，但要赤腳踏在碎石藤蔓之上經過沼澤前往。

雨晴痛楚無比地踏上滑石頭，攀扶枯樹幹野草藤前行。雨晴被藤蔓絆倒，險些跌落水中，浩民急速從後將她扶起。

浩民抱起雨晴，一步一步，走得緩慢卻穩重。他緊了緊手臂，她的臉便貼上了他的胸膛。

「在雨裡，你的微笑宛如三月的桃花，燦爛盛開在我的心裡，我的心千萬次呼喚你的名字，許多的回憶都有你的身影。」浩民喜歡在雨中漫步，總想找到一點甜美的雨滴，使自己快樂起來。

那年仲夏，林浩民接到上海醫學院的通知，因為他成績優良，被揀選前往香港中大醫學院實習。

林浩民乘坐中國東方航空客機前往香港，經過約三小時行程，飛機已漸漸下降，空中小姐提醒各人扣緊安全帶，飛機很快降落在香港國際機場。

浩民拿起手機，找尋電話聯絡人的資料。想起當年雨晴將電話號碼輸入他的手機裡，在姓名那裡寫下了「方雨晴」三個字。

「花非花，夢非夢，你依然是我生命裡最暖的一線陽光。只想與你重逢在最深的紅塵，靜看陌上花開，願隔了千山萬水，穿過天涯海角，聆聽你的聲音。」浩民在心中輕唱。

他看著手機屏幕，輕輕念她的名字。

「有朋自遠方來，不亦樂乎！」方雨晴拿起手機，清脆的笑聲送進浩民的耳朵內。

雨晴相約總編輯黃老師夫婦，為浩民設宴洗塵。

歐陸裝飾的餐廳內，迷人的音樂飄送於柔和的燈光下，浩民沒有喝酒竟有點醉意。

「無論時光如何流轉，總有一些思念，不會辜負歲月。」浩民親切地與大家傾訴彼此之間細水長流的友情。

曲終人散後，雨晴召喚計程車送浩民返回醫學院。

「餐廳內，浩民溫柔的目光總是離不開雨晴呀！」黃太太告訴丈夫。

「他們喜歡文學創作，彼此有共同話題。浩民是醫生，雨晴又是社工，無論外表、學識、人品、都不錯，看起來是蠻匹配的。」黃老師嘖嘖稱奇。

週末清晨，方雨晴在黎明的陽光中醒來，望見窗外明亮的綠和滿天澄淨的藍時，她想起相約了黃老師夫婦和林浩民前往位於大欖郊野公園內的荃錦營地露營，一起吃喝玩樂，觀賞大自然美景。

他們在荃灣如心廣場巴士總站乘坐51號往上村的巴士，於「大帽山郊野公園」站下車，再步行約5分鐘便到達。

「我們可以重溫年青時的浪漫情懷啦！」黃太太挽起丈夫的手臂，輕鬆地彈跳著。

方雨晴和林浩民跟著兩位前輩興奮雀躍的步伐，前往營地辦事處辦理簡單的入營手續。每個營位附有一個平台及一張具燒烤爐及可供煮食爐具使用的枱連櫈。

享用豐富的燒烤美食後，四人坐在草地上暢談。

「我看過雨晴一篇關於童年的故事，描寫大帽山雷公田村，是在附近嗎？」浩民微笑著問。

「就在大帽山下的村舍。」

「我們明天出營後，順道去遊覽雷公田村，好嗎？」黃太太提議著。

夏日晴朗的夜空裡，月色皎潔。

「今晚沒有星星，但這裡的夜空很美，你就是最明亮的那顆星。只要你靜靜地坐在我身邊，我心中已是星光閃爍。」浩民得到了與雨晴在一起的機會，總希望得到她的心。

第四十章 奇妙的相遇

日系裝飾的餐廳內，落地玻璃窗上，懸掛著藤編的捲簾，桌子上陶瓷小花瓶裡一枝睡蓮靜靜地開放。窗外是春意盎然的綠，林浩民伸出手，早春的陽光非常溫暖地灑在他的皮膚上。

早餐後，浩民驅車返回醫院。

車子開到半路，忽然聽見前車司機倒吸了口氣大聲說：「天啊！」

浩民同時放慢了車速，朝前面看去，當看清前方不遠處的狀況時，也驚呼了一聲。這本是一段偏窄的公路，前面一輛車撞在路邊一棵大樹上。

浩民將車停在路邊，趕緊下車，朝事故車輛跑過去，一邊掏出手機打緊急電話召救護車，路過的行人也前來協助幫忙。

車廂內的司機正趴在方向盤上，額頭上有血跡，人沒有暈過去。後座上的老人仰臥在車廂內，似乎陷入昏迷狀態中。

眾人小心地把司機抬出來，又從後座將老人抬出來。老人傷得很重，浩民發現他脈搏很弱，俯身到他胸膛去聽心跳，臉色立即變了：「這位老人有心臟病，他裝了心臟起搏器。」

浩民返回車內取出急救藥箱，為受傷司機簡單止血包紮一下，又立即為老人做應急處理，一邊祈禱著，希望救護車快點來到。他做完能做的一切，剩下的，就是等待。

尚幸這裡離城區已經不遠，救護車很快就來了。看到老人被救護員抬上車時，浩民舒了一口氣，他尚有氣息。

浩民將車停泊好，步入醫院大樓。一位中年男子上前跟他打招呼，向他表達謝意。

「謝謝你救了我們。」浩民看清楚男子的樣貌，原來是剛才車輛事故的司機。

「老人的情況如何？」浩民關心地問。

「家父剛完成了手術，情況穩定。主診醫生說幸好有人幫他做了應急處理，恢復心臟的跳動，倘若延誤了時間，後果將非常嚴重的。」原來男子是那位老人的兒子。

傍晚，浩民進入病房巡視。雙人病房內，老人正在床上熟睡著。

暖黃的燈光下，那塊很舊的男士手錶靜靜地躺在老人床邊的茶几上，時針轉動的「嘀嗒」聲在寂靜的夜色裡，仿若時光的回聲。

這塊手錶，浩民認識，不，是非常非常認識，這是他的手錶，當年他從暮雲古鎮離開的時候，留給老人的謝禮。

浩民無論如何也想不到，他會再遇見那位在古鎮短暫相處的善心老人。

記憶中的聲音忽如其來，是他！浩民終於想起來了。世界這麼大，人與人之間偶遇的機率那麼小，可他們竟然再次相逢了。在他幾乎已經忘記那段記憶，忘記生命中曾經出現過這樣一個人的時候。

天未亮，整座城市還在沉睡中，一輛車急速駛進醫院，剛停穩，陳笑儀就打開車門跳了下來，她走得急切，差點摔倒。她扶著身旁一輛車站直，伸手按住太陽穴，頭暈目眩，她臉色蒼白，整個人看起來非常憔悴。

幾天前，陳笑儀接到叔叔從上海致電告知她爺爺入醫院的消息，她急速向公司請假，連夜趕搭飛機前往探望。

「這裡有醫生和護士照顧，你就別掛心了。」老人慈愛地輕撫著孫女的面頰。

她順勢抱住爺爺，老人瘦弱的身體令她無比心疼。她撒嬌著說：「我就是想多陪陪您呀！」

鄰床的老太太幾分羨慕幾分酸澀地說：「我說啊，陳家老爺爺，你就別身在福中不知福了！你這孫女兒可比多少人的兒子女兒還貼心呢！」

又到醫生巡房的時候，林醫生前來幫老人檢查身體。老人握著醫生的手，含淚告訴笑儀：「林醫生是我的救命恩人呀！」

「我該怎麼樣謝謝你？」笑儀感激地說。

浩民微笑著搖頭：「舉手之勞，沒什麼的。」

「在你是舉手之勞，在我們可就是救命之恩了！」

「我是醫生，這是我應該做的，你真的不用太介懷。」

「昔日在暮雲古鎮時，伯伯曾經幫助我。我們能有緣再相見，是上天賜予的機緣。」浩民笑著說出當年老人對他的照顧。

住院多天，老人漸漸痊癒，兒子接他回家休養，笑儀也要返回香港。

醫院離機場有三個多小時的車程，笑儀看著車窗外一路風光如畫，倒也不覺得無聊。抵達時，已經是晚上七時，夏日裡天黑得晚，天邊晚霞瑰麗地鋪散在空中。

第四十一章 尋覓心中最愛

舊同學袁紫瑤曾經問過她：「笑儀，你愛的是林浩民這個人，還是因為他是你爺爺的救命恩人和你第一個親近接觸的異性，所以產生了愛情的錯覺？」

在紫瑤心裡，愛情是現實的，是一個人了解了另一個人後，慢慢被吸引，是循序漸進的一個過程，而笑儀的愛情，太像一場幻覺。

紫瑤第一次聽笑儀提起這段感情，她說：我喜歡了一個人，我們相處的時間很短，我甚至對他的背景一無所知，他居住在上海，我們分隔兩地。

「你說你愛他，可是你了解他嗎？你知道他喜歡什麼討厭什麼嗎？你知道他最愛吃什麼嗎？」紫瑤對笑儀這段如夢似幻的愛情並不樂觀。

十八歲那年，陳笑儀在暮雲古鎮初次遇見林浩民。

高中畢業後，陳笑儀相約同學方雨晴和袁紫瑤到家鄉暮雲古鎮遊玩。

笑儀和同學們住在爺爺的家中，傍晚時分，她們沿著小石板路，穿過彎彎曲曲的小巷，一直走到河堤去。夕陽下的暮河裡，笑儀的小表弟和一群男孩子正在河裡游泳。

那天大家興緻高昂，在河堤旁一直玩到天黑。正準備離開時，一聲巨大的聲響令所有人都往後看去，暮色沉沉中，遠處的石板路上，一輛小汽車正撞向路旁的石墩上。

爺爺報了公安，急速將受傷男子送往醫院。

翌日清晨，他們到醫院去探望男子，笑儀從証件上看到林浩民三個中文字。

爺爺在信中提到他和受傷男子相處的日子，男子如何回復記憶的過程，又稱讚他是一位好男子，總希望孫女笑儀與他有緣再相見。

笑儀垂著手，怔怔地望著正午時分灑進來的一室明媚陽光，滿眼的茫然。

他們在那種情景下的相遇，有可能一見鍾情嗎？

個多月前，陳笑儀接到叔叔從上海致電告知她爺爺入醫院的消息，她急速向公司請假，連夜趕搭飛機前往探望。

想不到的事情發生了！林浩民醫生竟是爺爺的救命恩人！

「我該怎麼樣謝謝你？」笑儀感激地說。

「我是醫生，這是我應該做的。昔日在暮雲古鎮時，伯伯曾經幫助我，有緣再相見，是上天賜予的。」浩民笑著說出當年老人對他的照顧。

老人與醫生都是彼此的救命恩人，他們珍惜這段天賜的情誼，互相交換電話，保持聯絡。

「你來上海居住一段時間，我約林醫生吃飯，你們交個朋友，看看有沒有發展的機會。」爺爺年事已高，總希望孫女笑儀有個好歸宿！

久別重逢的驚喜，大概只是陳笑儀一個人的感覺吧！可是，就算林浩民令她覺得有一絲陌生，但這個人在她心底多年，原本以為這輩子都無法再見，在茫茫人海中卻奇蹟地重逢，她不捨得，也不願意錯過。

陳笑儀決定向公司請了大假，乘坐飛機前往上海，在叔叔家中暫住，可以陪伴爺爺，期盼能與林浩民結下情緣。

週日，爺爺相約林醫生到餐廳吃飯。

「孫女笑儀剛從香港前來上海遊玩，所以陪伴我前來，她說也要謝謝林醫生救了爺爺。」老人笑著向林浩民介紹。

「在暮雲古鎮時，你們也有過一面之緣！」老人細說當年笑儀和兩位同學發現浩民受傷的經過。

「我也要謝謝你孫女的救命之恩呀！」浩民笑著說。

「我年老不能陪伴孫女遊覽上海名勝風光，你可有時間飯後帶領她走訪一下？」

「就讓我做一天導遊，陪伴陳小姐到城隍廟和外灘去觀光吧！」

黃昏日落，兩人在附近的餐廳晚飯後，浩民駕車送笑儀返回爺爺家中，再匆匆趕返自己的居所。

幾天後，浩民接到笑儀的電話，她說要請他吃飯，那晚他正好有個應酬，就算沒有應酬，他也會找理由拒絕的。後來她又打了幾個電話，每一次都被他用各種借口婉拒了。再傻的人都能感覺到他是故意的，偏偏她一點也不介意的樣子，不知道她是真傻還是裝傻，電話依舊，他實在是低估了她的耐心與執著。

笑儀不是沒有仔細想過她與浩民之間的關係，她的熱情，他的冷淡，她的鄭重，他的漫不經心。笑儀以為是浩民的性格如此，總有一天，她的真誠會打動他的心。笑儀想過很多種情況，但卻從沒有想過最最重要的一點，也許曾想過，但她選擇了忽略，那就是，浩民並不喜歡她。

爺爺曾經告訴笑儀說：「想要什麼，就要盡全力去爭取，緣份也是一樣。如果你喜歡林醫生，上天給予你們相遇又重逢的機會，就要好好把握，爭取與他見面相處的時間。」

笑儀對工作沒有很大的野心，只求順利完成，因此多的是時間。而當一個人把所有的時間與精力都用在一件事一個人身上時，那種執念帶來的力量是非常強大的。

外面正下著雨，又是灰濛濛的初冬，後視鏡中的影像模模糊糊，浩民看得並不太清楚，只隱約看見一位撐著橙色雨傘的女子身影在雨中奔跑。而窗外的雨，越來越大。

「知道你工作忙碌，特來醫院請你吃午餐。」浩民在接待處見到笑儀向他迎頭趕上來。

有一次浩民心情很不好，笑儀帶著自己做的便當來醫院找他，他沒來由就對她發了脾氣，那是他第一次對她發脾氣，厭惡之情那麼明顯。笑儀的眼眶裡蓄滿了淚水，但她竭力克制著不讓它們掉下來。她背過身深深呼吸，過了一會兒才轉過身，對他說：「我以前沒有喜歡過別人，也不知道該怎樣去喜歡一個人，甚至像這樣拼盡全力去做一件事，也是頭一次。但是我會努力學習的，所以，請你別責怪我的笨拙與魯莽，好嗎？」

笑儀明知浩民已經不是她記憶中的那個人，卻仍然無法阻止自己堅定地、不顧一切地朝他走過去。這世間雖有千百種愛的詮釋，可對她來說，愛一個人就是，明知愛他會令自己傷筋動骨，卻依舊無法停止。愛是情不自禁，不由自主，他靜靜站在那裡，什麼都不用說，你就想朝他走過去。

笑儀將便當盒推到浩民面前說：「心情再不好，也要吃飯的，否則胃會餓壞。」

看著笑儀倉皇離去的背影，浩民一腔怒火，忽然就泄氣了，隨之便是深深的無力感湧上心頭。

第四十二章 人生何處不相逢

離開醫院後，陳笑儀走在街道上，四周空氣濕潤，她的眼鏡蒙上一層薄霧，兩旁街景矇矓，一切景物都像隱藏在一襲輕紗裡。她提著裙擺，在路上奔跑著，額上已佈滿細密的汗珠。

她走上一部公共汽車，在靠窗的位置坐下來。車窗敞開，寒風迎面吹來，她只穿了一件薄薄的連衣裙，風一吹，忍不住打了一個寒顫。她把外衣的領子拉高，縮在車廂角落裡。

想起林浩民對她發脾氣，厭惡之情那麼明顯，笑儀心裡一陣刺痛。她微微仰起頭，臉龐上有淚水劃過的淡淡痕跡，眼眶微紅。她抱緊手臂，抬頭望向車窗外，往事像夜空中一顆小星星，突然閃亮了一下，又黯淡下去，歲月又似長長的列車，一切景物都在車窗外向後倒退倒退。她的腦海一片空白，心煩意亂，如墮入五里霧中。

「小姐，到終點站啦！」司機轉過頭來說。

笑儀如夢初醒，下了車。她走得急速，差點摔倒。

笑儀扶著身旁的燈柱，伸手按住太陽穴。她頭暈目眩，臉色蒼白，整個人看起來非常憔悴。

忽然，一輛單車擦身而過將笑儀撞倒地上。

「小姐、小姐，醒醒呀！」眾人合力將她扶起。

看到昏迷不醒的女子，他們決定召喚救護車將她送往醫院。

雨，細細的，時飄時停，從半夜開始飄飄洒洒到天亮。

陳笑儀躺在醫院病床上，在氧氣筒裡費力地吹氣吸氣。她從矇矓中醒來，微睜開眼，只見一室光明，還有冷氣機的聲音，輕掩的房門外，護士們的談話聲，走動聲，她又回到現實來。

「聽聞是在街上暈倒被送進來的。」值班護士輕嘆著。

一隻手溫柔地拍著笑儀的臉，掌心的溫度令她下意識地貪戀，她握住那隻手，緊緊地抓住。她緩緩睜開眼，便對上林浩民關切的眼神。

笑儀閉上眼，再慢慢睜開，然後再閉上眼，再睜開，神色裡有點驚訝，難以置信，還有一點點的驚喜。

「是我。」浩民嘆息般的聲音裡，情緒複雜，疲憊，還有一絲內疚。

笑儀在心裡告訴自己，不要在浩民面前落淚，她知道很多時候眼淚是女孩子有利的武器，可她此刻真的不想用眼淚來換取他的憐憫。

叔叔和爺爺知道笑儀入醫院的消息後，急速趕來探望。

「林醫生真是我們的救命恩人呀！緣份真是上天註定的，笑儀和浩民真是天生一對，天賜良緣。」爺爺喜上眉梢，笑得合不攏嘴。

「林醫生要巡病房啦！叔叔要上班，爺爺也要回家，我很快就可以出院了。」看到浩民靦腆的神情，笑儀急速阻止爺爺繼續說下去。

林浩民望向窗外，天邊掛著又圓又大的月亮，這月色卻沒有一點美感，看久了，心中只覺蒼涼。

窗外月亮漸漸隱到雲層之後，光線暗下來，黎明即將來臨。浩民睜開眼，壓根兒睡不著，連閉上眼睛都心裡不安。

那年，澳門舉辦了中學生微型小說創作比賽，頒獎典禮上，方雨晴和林浩民都被邀請成為頒獎嘉賓。

澳門三面環海，北與廣東珠海市相連，東與香港隔海相望，整個澳門地區包括澳門半島、氹仔島和路環島三個部份。澳門不僅是旅遊博彩的城市，更是一座中西建築互相輝映的歷史城區，一個充滿宗教色彩，洋溢著南歐風情的城市。

頒獎典禮完成後，雨晴和浩民順道遊覽路環島，親身體會這個彷似歐洲童話小鎮的地方。路環位於澳門最南面，面積比澳門半島還要大，島上保持著自然的田園風光，有古老的村落、樹林及海灘，風景優美。

五彩牆上塗滿了鮮艷的色彩，紅的、黃的、綠的。雨晴從一種顏色大步走到另一種顏色，活潑得像一個跳躍的小女孩。浩民急步追上她，來一個瘋狂連續拍攝，捕捉少女的美態。

他們在海邊走著，像穿越到中世紀的歐洲小鎮一樣，廣場上黑白相間的小石子如同波浪，兩旁是連綿的圓弧長廊，廣場上有一座可愛的教堂，名為路環聖方濟各聖堂。

時近黃昏，落日的餘暉把廣場都染上了一層淡淡的金色，一群小朋友一起奔跑，一起追逐著折射不同色彩的泡泡，畫面和諧又溫馨。

「聽說位於路環的安德魯餅店是澳門葡式蛋撻的發源地，我們買來試試吧！」雨晴提議著。

浩民買了蛋撻，拿在手中還是熱辣辣，口感厚實酥脆，奶味很濃，再配上一杯鴛鴦奶茶。兩人邊逛邊吃，十分寫意。

忽然，一位女子迎面跑過來，大聲呼喚：「林浩民，林浩民，是你嗎？」

浩民定睛看時，認出是大學時期的舊同學許美儀。

「很久不見，你怎會來澳門？」

「集團打算在澳門開設分公司，我們來視察一下，順道遊覽名勝古蹟。」

「這位是我的上司鄭子健，他是營業部總經理，我是設計總監，我們時常都要一起出差的。」

「你們一起來澳門遊玩？」許美儀嘴角含笑望向身旁的鄭子健，再哈哈大笑詢問林浩民。

「我們獲邀前來澳門出席中學生微型小說比賽頒獎禮，也順道來路環逛街。」

「大學時你選讀醫科，不是要做醫生嗎？怎會現在成為作家呀！」

「行醫救人是我的職責，業餘寫作是我心靈的寄託。」浩民微笑望向雨晴。

「兩位都是作家，幸會。」美儀轉過頭來對浩民說：「方小姐是子健青梅竹馬的好朋友，也不用多介紹了！」

林浩民望向方雨晴和鄭子健，兩人似相識又似陌生，他們低垂著頭，總是心事重重，分不出是喜還是悲。

「找個機會我們約出來飯聚吧！」許美儀拉著鄭子健向前走去。

本來高漲的情緒，被這一瓢凍水給冷卻了！

雨晴沉默地走著，浩民靜靜地陪伴在她身旁。

雨晴望著浩民真誠的目光，低聲說出她和鄭子健的關係，以及子健在加拿大受傷時被許美儀照顧的事宜。她哭了很久很久，眼睛裡彷彿有源源不絕的水珠，浩民無法想像，平日裡那樣明朗的一個人，竟會哭得這麼傷心，她心底那段感情該有多麼的濃烈、多麼的傷感而深刻。

浩民在很多事情上非常果斷，唯獨對愛情，因為他以前從未真正地喜歡過一個人，反而不知如何表達。當他準備表明的時候，雨晴卻眼眶含淚地對他訴說壓在心底的那段深刻的愛。

浩民心裡想要表明的感情，如天亮後的潮汐，慢慢退回心底深處。他不是害怕被拒絕，而是害怕一旦袒露心跡，彼此再也不能如往常一般無話不說。在他看來，愛可以是一個人的事情，有些感情，放在心底，未嘗不美。

那些往昔的歲月，閃亮如深山夏日夜空裡的星辰，也溫柔如初秋荷塘上的月色，是他生命中最美好的時光，他從未，也不捨忘掉。

在夢中，浩民見到天邊一彎上弦月緩慢地從雲層裡爬出來，透過茂密高高的樹枝灑下來，淡淡的清輝。這塊樹林濃密而遼闊，他在林子裡穿梭，沒有記方向，往回走了很久，卻怎麼也找不到出口，他迷路了。

他這一生，生命中美好的事情，實在不太多，而方雨晴是最最珍貴美好的那一份。人總是這樣的，在面對著自己心之所向的東西時，哪怕明知不應該去擁有，應該遠離，心卻不由己，想要靠近。

而陳笑儀的出現，是她執意要闖進他的世界來，他拒絕過，推開過，是她不聽，難道這是天意的安排嗎？

第四十三章 無奈的決擇

不知不覺間，天已經黑了下來，路燈一盞一盞的在眼前亮起。

鄭子健和許美儀乘坐公共汽車離開澳門路環，回到那晝夜狂歡，永遠人聲鼎沸的國際賭城之中。

他們在澳門巴黎鐵塔觀景平台上欣賞城市風光，又在位於巴黎鐵塔內的餐廳晚膳。餐廳腳下是璀璨的夜色，燈火連綿，室內音樂浪漫，食物可口。一切美好得讓美儀產生了錯覺，她忍不住將放在心裡那麼多年的感情宣之於口。美儀努力想要跟子健親近，找各種話題跟他說話，但子健總是冷冷淡淡的。她說的多了，他臉上甚至出現不耐煩的神色。

如果說喜歡一個人的心思會隨著歲月漸漸滋長成為愛，那麼拒絕接受一個人靠近的心思同樣也會隨著歲月而滋長成為討厭。子健皺起眉頭，緊抿著嘴，很不高興的樣子。但美儀從不氣餒，她總是想，總有一天子健會忘記方雨晴而接受她的愛。但她根本不明白，喜歡一個人時，你再多的不好，他也會喜歡你，不喜歡一個人時，你再優秀完美，他也不會對你心動。

子健用特別冷靜特別淡然的語氣對美儀說：「對不起，我們是並肩作戰的同事，是工作上的好夥伴，就如親兄妹一樣。」

「沒關係，我喜歡你，這是我自己的事。在我心中，你是那個好人，值得我去愛，這就夠了。」

美儀咬著唇，偏頭望向玻璃窗外，忽然覺得，整座城市的燈火都熄滅了。

他們入住澳門巴黎人酒店，踏入澳門巴黎人大堂的圓形大廳那一刻，宛如走進童話般的鬱金香花園。

「這裡環境真美，好浪漫呀！」許美儀將頭輕輕靠近鄭子健的肩膀上。

子健慢慢地挪動腳步，肩膀傾斜，美儀站不住腳，差點兒向前跌倒。身旁一位酒店員工經過，迅即將她扶穩。

「雨晴最喜歡浪漫的童話世界。」子健口中喃喃自語。

美儀心裡一陣刺痛，自己陪伴在子健身旁多年，但方雨晴在子健心中始終佔第一位，誰也不能取替。

在接待處辦理入住手續後，兩人迅即返回各自的房間內。

美儀走近窗前，抬頭望向窗外的夜空。她開啟窗框子，飛絮般的雨絲輕盈地朝她灑進來，落在她的臉頰上，冰涼一片，很快就化作了一滴水珠，從她眼角緩緩滑落。

她想起多年前和子健到瑞士公幹回來，回程路上，一輛汽車從她身旁急速駛過，差點兒將她撞倒，子健快速把她推向路邊花槽旁，自己卻被汽車撞倒重傷昏迷。看到渾身是傷，奄奄一息的子健被抬上救護車送進醫院，美儀心中燃起愛火，決定一生陪伴在他左右，以報答子健的救命之恩。

這麼多年來，她一直在等，等他忘記心中的那段感情，等他愛上她，然而，最終也只是將歲月等成了一場虛空。沒有緣份嗎？也許這世間很多求不得的感情，糾纏到最後，也只剩下這種哀傷無力的註解了！等一個無心於你的人的愛，如同在機場等一艘船，在海上等一輛車，那樣哀傷而絕望，她一早就知道，她只是沒有辦法。

在美儀心裡，真正愛一個人，是捨不得對他用一絲一毫的手段計謀，捨不得傷害他，捨不得他難過。就連最後的放手，也是因為一個愛他的承諾。

子健坐在床前，想起昔日和雨晴在原野上散步，他們收集著清晨的朝霧，黃昏的晚霞，深夜的月色，沒有人比他們更快樂，更幸福，更沉浸在那濃得像蜜似的感情裡，歡樂是無止境的，未來像黎明一樣光亮。

「我最痛苦的時候，也沒有想過把與你有關的記憶抹掉。人這一生，就是為記憶而活的。好的，壞的，都同樣珍貴。」他在心中默念著。

多年前，鄭子健接到公司人事部通知被調往加拿大總公司工作。

週末，他駕車前往探望姨媽王秋婷和表哥董浩輝。姨媽想為他和許美儀牽紅線，撮合他們的姻緣。表哥董浩輝曾經笑著問子健：「你和美儀的關係如何？」

「我們是工作上的好夥伴，只有友情，沒有愛情。」子健堅定地說。

「只是夥伴？但我看見她望你的眼神似乎隱藏著一些愛意！」表嫂程思嘉也是方雨晴的表姐在旁輕聲說著。

「你喜歡她嗎？」浩輝追問子健。

「就算是襄王無夢，但神女有心！你要小心處理兩人之間的關係，不要讓她誤會才好。」思嘉語重心長地說。

「我和雨晴是童年的玩伴，長大後有緣再相遇，在朝夕相處裡，越了解，情越濃。」子健告訴思嘉他和雨晴之間緊密的關係。

「你們現在相隔兩地，見面時間少了，會否影響感情？」

「雨晴有時會在深夜裡寫信寄給我，在潔白的信封上，看到她灑脫飛揚的字跡一筆一劃寫著我的名字時，一陣暖意湧上來。」

「手寫信是多麼珍而重之的傳遞方式，以手寫心，以心傳情，最最親密的話，只說給你聽。真是浪漫又深情的好女孩，你要好好珍惜她，不要辜負她！」思嘉希望表妹和子健的愛情能夠開花結果，兩人相依相伴。

可惜，一場車禍，卻改變了他和雨晴的關係。

當年瑞士公幹回來，子健為了救美儀被汽車撞倒受重傷，心臟受損。住院多月，接受各種手術治療，龐大的醫藥費都是美儀父親支付的。

美儀很好，性情溫和，善解人意，沒有富家女的驕縱之氣，可她再好，也不是子健心裡的那個人。子健心裡愛著的始終是遠在香港的方雨晴，他心中牽掛著的是當年恩人身旁的小女孩雨晴。

子健不希望雨晴為他的健康而操心，也不想她兩地奔波去照顧他，所以子健沒有告訴雨晴真相，只希望時間可以沖淡一切，雨晴可以找到真正的幸福。

原來有些人，那怕時隔多年不見，再見面時依舊如故，原來有些感情，真的不會隨著時間流逝而生疏轉淡，反而像陳釀，歷久彌香。兜兜轉轉，雨晴最終還是走進了他的生命裡。

在澳門路環偶遇雨晴和她的朋友，看到他們好像有說不完的話題，他不知說了什麼，逗得她爽朗大笑，那樣自在的相處。那笑容令子健嫉妒，心裡又有一絲慶幸安慰。嫉妒那又真又美以前只屬於自己的笑容被別人擁有，慶幸這世上有個人，能令她那樣敞開心懷。

要命的矛盾與痛苦，子健只好轉身，離去。只要雨晴沒事，他便放心了。

再見，又何時再見呢？相隔那麼遠，能見一面真的挺不容易！世間的重逢，總是比告別少。常常你以為只是一次普通的揮手再見，也許卻是再也不見。

第四十四章 木綿花開時

林浩民和陳笑儀結婚多年，膝下猶虛。皇天不負有心人，他們「做人」的努力沒有白費，笑儀夢熊有兆。笑儀已踏入中年，這是她第一次懷孕，屬於高齡產婦，懷孕自然辛苦，她食慾不振，人也消瘦多了！

笑儀生日那天，寬敞的屋子裡只得她一人，往年丈夫浩民和她慶祝。現在，懷中多了一個小生命陪伴她，身旁卻少了一個枕邊人，笑儀扶住窗框邊緣，雙眼驀然潤溼。

近月來，浩民時常夜歸，對她的枕邊私語顯得冷漠。種種徵兆顯示出她們的婚姻可能亮起紅燈！丈夫可能有外遇？

懷孕後，笑儀身體經常不舒服。

想起浩民的書房內有很多書籍，她想找尋一些有關心靈的書，看看能否替自己解答疑慮？

她拿起一本名為「微風細語」的小品文，正翻閱間，一張紙條從書中滑下來。

紙條上寫著： 春去秋來時易逝　風飄雨灑景難尋 雲散雁聚天涯覓　花謝蝶往別離愁

看到浩民的筆跡，笑儀忽然醒悟，原來，浩民的心裡早已有了另外一個女人的位置。可是，令她更痛苦的是，明知如此，卻依舊無法不去愛他。

太陽從西山收斂起金色的餘輝，天地間織出一簾厚重的暮色。

笑儀披衣外出，拖著沉重的步伐沿梯級徐徐而下，一不留神，她腳下滑跌，整個人滾下去。

深夜的醫院，極靜。

病房裡，浩民坐在病床邊，凝視著沉睡中的笑儀。

笑儀臉色蒼白，眉毛緊蹙。浩民伸出手，輕輕地撫上她的臉。他的觸碰令她微微瑟縮了一下，彷彿在防備著什麼一樣。

浩民起身，走到窗邊，靜靜地望著窗外寂靜的夜。窗外還下著雨，秋風乍起，吹得樹葉簌簌作響，令這夜無限淒涼。

黑夜漸褪，第一縷朝陽緩緩升起，天亮了，他一夜未睡。

「孩子，我的孩子……」笑儀清醒過來，第一個關心的便是肚子裡的孩子，眼淚嘩啦啦地落下來。

「別太難過，現在最重要的是養好身體，你們還年輕，以後還會有孩子的。」奶奶在旁安慰她。

因為笑儀跌傷了頭，有輕微腦震盪，醫生建議她住院觀察兩三天。

天邊的白雲變成灰濛濛一片，林浩民踏著黃昏的暮色，返回居住的洋房。

門開啟後，浩民進入自己的微型圖書館。四面都是到頂的原木書櫃，書房中間是一張超級大的木頭書桌，書櫃裡、桌子上，到處都是書。浩民沉醉在這個書房裡，如魚兒迷戀大海。

一張紙條映入眼簾，是他多年前為了方雨晴而創作的一首詩，紙條右上角似有水珠染濕再風乾的痕跡。

「難道笑儀看過？」浩民心裡浮現絲絲惆悵。

這些年來，浩民忙於工作，和笑儀相處的時間少了，彼此的關係漸變生疏。

「難道是我沒有給她美滿幸福的婚姻？令她欠缺安全感！」浩民反覆思量。

笑儀痊癒出院後，浩民決定請了大假，和笑儀到小島去旅行散心。

小島的海岸線極美，他們住的酒店就在海邊，每天清晨，看著朝陽從海平面上緩緩升起，將天空與大海擦亮，霞光萬丈，心情特別舒暢。

傍晚的時候，他們沿著海岸線緩慢地散步，夕陽很美，玫瑰色的晚霞鋪在天邊。

「我們老了，也會像他們一樣吧！」笑儀看著牽手走過身邊的老年夫婦笑著問。

「當然。跟你一起變老，都是無比美好的事呢！」浩民牽起笑儀的手，放在唇邊輕吻。

笑儀回想起新婚時，那時候的浩民走在她身邊，總隔著一肩的距離。那時候她自己對這段婚姻，雖然是諸多期待，更多的卻是忐忑不安，不知能否走下去？能走多遠？

如今，浩民將她的手，緊緊牽在手心裡。笑儀這一生，最渴望的不過是一個溫暖的家，一個深愛自己的丈夫。現在，她得到了，人生再無奢求。

笑儀牽過浩民的手，輕輕覆在她的腹部上。

浩民一怔，然後，心中被狂喜充斥著。

「真的嗎？真的嗎？」他顫聲問。

「我要做爸爸了！」浩民開心得像個孩子，激動欣喜地喊道。

笑儀微笑著輕撫自己的腹部，眼神變得又明亮又堅定。

「寶寶，這一次，媽媽拚了命也會護你周全。」

「你喜歡女兒？還是兒子呢？」笑儀撫著腹部追問浩民。

「都喜歡。」浩民將臉貼在她腹部上，聽著生命裡最神秘最美妙的聲音，微笑著說。

浩民陪伴笑儀往醫院做產前檢查，醫生恭喜說：「寶寶很健康，預產期在明年三月。」

人間三月天，春暖花開，正是木綿花開得燦爛的時節。

山坡上的杜鵑花開得萬紫千紅，小路兩旁的木棉樹，枝頭上花朵開得鮮紅，到處生氣蓬勃。霧春三月，杜鵑吐豔，紅棉盛放，本來光禿的樹枝，抽出嫩綠的新芽，野草小花爭相冒出頭來，葉上還有點點露珠，大自然的美景令人心曠神怡。

浩民抱起那個小小的嬰孩，手指微微顫抖，緊緊地抱在懷裡，親了又親。他俯身，親吻累極了又滿頭大汗的笑儀。

「謝謝你！我親愛的老婆。」

浩民將兒子遞到笑儀眼前，笑著說：「你看，兒子眼睛像你，又大又明亮。」

「剛剛出生的嬰兒，眼睛還未睜開呢！」

笑儀將兒子抱在懷裡，微微低頭，親吻他的前額。

「寶貝，謝謝你來到我們的家庭裡。」笑儀的眼角有淚水滑下來。

笑儀抬頭望向身邊的浩民，他也正溫柔深情地凝視著她，她心中滿溢的全是感激和幸福。

第四十五章 留在記憶裡

「我怕。」袁紫瑤輕輕說：「我想知道那個答案，卻又怕，那個答案。」她側身，將頭擱在方雨晴肩膀上：「你說，我是不是很膽小，很矛盾。」

雨晴伸手攬住她，低聲地說：「你難過，你就哭吧！這裡沒有別人，你可以盡情地哭。」

袁紫瑤是很難過，為了跟沈思明在一起，這條路她走得很辛苦，荊棘滿途，可這是她心甘情願選擇的，再難過，她也會咬牙不悔地走到底。

紫瑤聽見汽車喇叭聲，她奔向窗邊俯看，看見思明的車正停泊在對面街道上。紫瑤左腳右腳跳著出門。

「我以前憤世嫉俗，是完美主義者，直至認識你以後，一切都改變了。」車上，思明告訴紫瑤。紫瑤的額頭貼近車窗鏡面上，她看見自己的眼眸混合著喜悅與憂傷。

「你有可能介入別人的婚姻，成為第三者嗎？」前幾天，有雜誌訪問紫瑤說。

「我喜歡和已婚男性做朋友，但並不介入別人的婚姻，我相信人有自制的能力。」紫瑤的回答非常肯定。

「傳聞沈思明預備和太太辦離婚手續，即將加入鑽石王老五的行列。」下午開會的時候，雪兒告訴紫瑤。

深夜醒來，紫瑤在孤獨中探索自己的感覺。她的家人移居澳洲，空蕩安靜的房子裡，只剩下她一人，每一次開燈關燈，都觸動她的感傷和淚水，情緒一旦掩至，便抓起電話越洋與母親傾訴。

聖誕前夕，紫瑤與思明結伴同往美國。長途飛行中，機倉乾燥的空氣令紫瑤感到不舒適。

「睡一會兒吧！」思明體貼地說。

「睡不著，怎麼辦？」

「說說剛看到你的印象，好不好？」思明笑著說。

紫瑤精神起來，催促思明快說。

「起初不太友善，是個驕傲的女人！當你看到舊朋友時，竟然又笑又跳起來，像個小孩子，所以，我知道你心裡的情感比你表露的強烈得多。發現你的真性情，其實令人擔心，就想為你做點事。」思明認真地說。

飛機降落後，思明寫了一張紙條給紫瑤：「這是我在三藩市的聯絡電話，有空檔，可以致電找我。」思明預備到美國辦妥離婚手續。

思明駕駛汽車經過寧靜的小鎮，進入小巷內。這條巷子雖然偏僻，卻藏了很多有趣精緻的小店舖，還有一些小酒館，不時有音樂聲從屋子裡飄出來。尖尖的屋頂上白雪茫茫，襯著硃紅色的建築，整座城市宛如童話小鎮一樣。

思明為紫瑤安排了住宿的地方，自己再將車子駛進一片翠綠大草坪，兩旁種植顏色鮮艷花朵的庭園內，在獨立洋房前停下來。

「如果你的妻子不肯離婚，我也不會再聯絡你，我絕不能與她爭奪你。」紫瑤心想。

「我是沈太太，他現在不方便接聽電話，你是哪一位？找他有什麼事？」紫瑤像罪犯一樣，快速掛斷電話，雙手交叉環抱住自己，指甲深深陷進手臂內。

不願再見，也不聯絡，紫瑤將自己關在屋內。深夜，紫瑤坐在黑暗的窗台上，看到思明停在街邊的車，她盡量淡漠像注視陌生人一樣不動聲色。

「現在很晚了，你回來沒有？休息了嗎？我不想打擾，只是不放心，如果你在，亮一盞燈，我就明白了。關於太太的事，我想解釋一下。」電話鈴響起，紫瑤拿起聽筒，靜靜地聆聽。

紫瑤看見思明走出車廂外抽煙，然後，煙在腳下被踩熄。當見到他的視線往二樓她的臥室望過來，紫瑤趕緊放下窗帘，轉過身不再去看他。

「我怕。」她輕輕說：「我想知道那個答案，卻又怕，那個答案。」她側身，將頭擱在梳妝台上，自言自語：「我是不是很膽小，很矛盾。」

窗外響起汽車引擎聲，過了一會兒，紫瑤撩開窗帘，思明的車已經開走了。他在，她怕見他，他離開，她心裡又是那樣失落。

日子天天過去了，思明沒有再來，紫瑤仍然亮起一盞燈在等待。

有一天，紫瑤收到兩張歐洲寄來的明信片，一張是一座石頭城堡，背面寫著：「一顆沉睡孤寂的心，它習慣了寂寞，恐懼那種被牽動的感覺，恐怕不能擁有的落寞惆悵！」另一張卻是一條木造拱橋，橫跨在碧綠的水波上，背面寫著：「我們之間缺了一條橋，讓我造一條橋，通往你心靈深處。」

紫瑤從未感到如此的寧靜，甚至能感到星星與星星之間在竊竊私語。

寧靜的深夜，看那閃爍的星星在向她眨著眼睛。月亮好孤獨，星星離她那麼遠！月亮離開了，星星發出的亮光，明顯地遜色多了！月亮出來了，星星都擠了過去，星星陪伴在月亮左右，正開心地聊天。

晚上，紫瑤做了一個夢，夢見自己走在一片霧濛濛的樹林裡，她似乎是迷路了。一邊左顧右盼，一邊喊著思明的名字：「你在哪裡？」她在找他，她在樹林裡走了好遠，找了好久，可是怎麼也找不到他。

紫瑤喜歡在雨中獨自漫步，讓那淡淡的清愁散落在絲絲細雨裡悄悄地釋然。

她想找到一點甜美的雨滴，使自己快樂起來，卻總是觸到深掩的傷痛。紫瑤站在雨裡，雨水迷蒙了她的雙眼，分不清是雨水還是淚水早已滑落她的臉龐。

在絲絲細雨裡，許多回憶都有思明的身影，紫瑤在心中千萬次呼喚著思明的名字。

「看！黃昏的燕子正雙雙地歸去，可我日夜思念的人兒，你在何處？你的腳步又停歇在哪裡？」淚水濕潤了紫瑤的眼角，朦朧了記憶，澆灌了那朵雨中因淚而生的花朵。

她漫無目的地尋覓，走著跑著，沿途的風景匆匆而過，模糊的記憶清晰浮現，那是他們曾經一起共度的歲月。始終追不回過去的日子，漸漸的停留在記憶裡。

第四十六章 相識非偶然

週五下班前總有一種反常的振奮，整個辦公室裡電話聲此起彼落，十分熱鬧。

「雀局晚飯，宵夜直落，捨命相陪。」珍妮花握著電話興奮地高聲叫。

「喂！放工到崇光掃貨，全場貨品三折，最後今天呀！」詠梨急召鄰組的保蓮，相約逛街買靚衫。她見到袁紫瑤呆望著桌上的文件，遂輕推她的手臂：「你也來湊熱鬧嗎？」

「我不知能否準時放工，下午將一份食品建議書交給總經理，現在未知結果如何？」

「那個黑面臣！他慣在下班前數分鐘始將文件交出。」詠梨咕嘀著。

此時，內線電話響起，紫瑤被召入總經理辦公室。

「你這個健康食品建議書過於冗長，欠缺新意，拿去修改後交給我。」

總經理沈思明的語調聽起來完全沒有感情，紫瑤只好拿著文件返回自己的座位。

下班時間到了，同事紛紛離開，下班前的忙碌和紛擾暫時銷聲匿跡，人潮散去後，辦公室一片冷清，令人有置身在曠野中的孤寂感覺。

紫瑤伏在桌上將文件重新檢閱，但思緒紊亂，怎也理不出一個更好的建議來。

她走近窗前，看見對面那棟大廈燈火通明，層層玻璃格子裡隱約可見人影來來往往，想是出版社趕工，總動員加班吧！那邊的熱鬧反映她這邊的孤單。

「還是留待明天再想吧！」紫瑤把全部東西掃進自己的公事包內，走出門外。

她詫異的瞥見上司的辦公室裡仍然有燈光，恐怕他是工作狂吧！

離開辦公大樓，要經過停車場，那裡燈光昏暗，給人森冷的感覺。

「小姐，有興趣做個朋友嗎？如此夜深，我來做個護花使者吧！」一個身材矮小的男子攔在前面。紫瑤既驚且怒，卻擺不脫那男子的苦纏。

「誰敢騷擾我的女朋友？」一把宏亮的聲音從背後傳來。

紫瑤轉身，望見上司沈思明高大的身軀站在旁邊，矮小男子悻悻然離開。

「我只想趕走那個無賴，沒有其他用意。我的車子停在那邊，讓我送你回家吧！」思明誠意的邀請，紫瑤默默地跟在後面，她不知道為什麼竟然無端的紅了臉。

車廂內，思明談笑風生，與辦公室內的形象判若兩人。

「我出道不久便要負責公司總經理的職務，壓力自然大，對工作效率要求高，凡事嚴謹處理，面部肌肉拉緊，笑容也欠奉。現在下班，我和你是朋友，可以輕鬆地談話了！」看見紫瑤迷惘的神情，思明笑著解釋。

紫瑤發覺思明除去冷峻的臉面，也有孩子氣的一面。

「你為什麼延遲下班呢？」紫瑤若有所思地問。

「答案有真假兩個：假的是我熱愛工作，真的卻是我擔心你的安全。你願意接受那一個答案呢？」思明捉狹地笑。

車子停在路旁，思明禮貌地拉開車門，護送紫瑤進入所住的大廈。

五年前，袁紫瑤初次踏足社會工作，她懷抱滿腔熱誠，向著理想的目標前進。

投寄出去的簡歷中，紫瑤得到了三個面試的機會。

第一個面試，她看到筆試出題的水平，覺得太差，調頭就走了。

第二個是大公司，條件不錯，她也輕易過了筆試。面試的時候，卻因為當天交通嚴重擠塞遲到，被招募主管質疑她的時間觀念而告吹。

第三個是一家集團公司，負責健康食品的製作與銷售，業務遍佈世界各地，是一間頗大的機構。

前來參加面試的有百多人，被安排在三個時段、四個房間進行第一輪筆試。

過了一週，紫瑤接到進一步面試的通知。

面試當天，紫瑤出門前在衣櫃裡找了一件湖水藍色的連衣裙穿上，又認真地化了一個淡妝，然後乘坐公共汽車前往。

趕到公司時，發現來面試的人共有十多位，都像是剛離開校園的年青人。

接待處的小姐叫珍妮花，有張可愛的娃娃臉，聲音甜美，招呼大家坐下後，給每位面試者端來了一杯咖啡。

過了不久，珍妮花快步走過來說：「袁小姐，進去吧！你是第一位。」

兩人並肩走向會議室，珍妮花向紫瑤介紹了主持面試的兩位人仕，一位叫沈思明，是公司的總經理，另一位叫李靜兒，是公司的副總經理，負責市場與銷售。

紫瑤進去時，裡面只有李靜兒一個人，沈思明還未到，說是要接聽一個重要的電話。總經理不在場，也不方便開始，李靜兒決定先隨便聊聊，跟紫瑤介紹一下公司的架構。

李靜兒是個四十左右的女人，相貌普通，身材短胖，她穿著講究，首飾不多但全是名牌。雖然其貌不揚，而且腮骨橫露略顯兇惡，但她言談舉止得體，看上去是個受過良好教育的人。

「我也是中文大學的，我們是校友呢。」李靜兒的語氣很隨和。

「你這裙子好漂亮，在哪兒買的？」

「服裝公司換季時買的，不用五百元，很便宜。」紫瑤說。

「等我減了肥，一定也去買一件這樣的來穿。」靜兒羨慕地看著紫瑤說。

正談話間，門忽然開了，走進來一個三十多歲的西裝男士，中等身材，有一幅精明的長相，但面部肌肉拉緊，笑容欠奉，給人一種黑面的感覺，來者正是總經理沈思明。

沈思明走到桌前坐下，打開水杯喝了一口，問道：「你們兩位已經開始了嗎？」

「還沒有，只是隨便聊聊，等著總經理您來呢。」

李靜兒遞給沈思明一份文件說：「這是她的履歷表。她叫袁紫瑤，畢業於中文大學食品及營養科學系，是食品及營養科學理學士。

沈思明將履歷表往旁邊一推，打量了一眼袁紫瑤 。

「我們公司正研究提高健康食品的質素及推廣銷售的方法，你有這樣的工作經驗嗎？」

「拜託你看看我的履歷表，然後問點有質素的問題好嗎？」紫瑤心想。

「我剛離開校園，預備投身社會工作，我可以從工作中去吸取經驗。」紫瑤還是老實地答。

「你在大學裡學了哪些技能跟我們公司的項目有關？」過了一會，沈思明清了清嗓子，望向紫瑤問。

「我在中大修讀食品及營養科學課程，吸取了有關食品科學及營養學的知識，包括食品開發、品質管理、食品加工科技、食品安全及食品服務體系和食療及營養學等。我可以負責編寫有關製作健康食品的建議書，然後跟進食品製作的過程。」紫瑤詳盡地介紹著。

「那推廣銷售的方法又如何？」

「現今社會，消費者對飲食與健康的關係日益關注，要理解影響個人飲食習慣之社會、心理及經濟等因素，就要從事各種食品資料的蒐集、分析及評估等工作。」紫瑤娓娓道來。

紫瑤面前的兩人交頭接耳地商討了一分鐘之後，沈思明在文件夾上做了一個記號。然後，他笑著說：「袁紫瑤，你被錄用了，歡迎你加入健康食品公司。如果沒有什麼問題的話，你的面試就結束了。」

「謝謝！我很榮幸加入你們的行列。」紫瑤用力地握了握兩人的手，轉身走出門外。

「又是中文大學，你就是用這種方式來表達對母校的熱愛嗎？」沈思明笑著對李靜兒說。

「算是吧！」

兩人哈哈地笑了起來。

第四十七章 辦公室政治

袁紫瑤進了自己的辦公室，關上門就埋頭苦幹寫建議書，一直寫到口乾舌燥，這才想起未喝咖啡，弄得她頭腦昏沉，她是屬於早上起來不喝一杯黑咖啡根本沒醒過來的那種人。

紫瑤走到茶水間，正好碰到珍妮花在往咖啡機裡面灌咖啡豆，看見她連忙叫道：「要我給你現磨一杯嗎？」

「不用了，我自己來就好。」

紫瑤一面說一面上上下下地找按鈕，心想：在哪裡加水啊！

「已經加滿了，全自動的，這樣一按就好。」

紫瑤做好咖啡，喝了一口讚歎道：「真香呀！」

「沒有咖啡因，沒法提神喔。」珍妮花笑著說。

「是呀！聞到咖啡的香味，我就徹底地醒過來。」

兩人正閒談的時候，一男一女走進茶水間。

「總經理真的十分麻煩，少少文法問題都要改完又改，搞到要超時工作，連累我約人食飯遲到。」男子怒氣沖沖地說。

「上次我都是這樣，被他連累遲了兩小時才下班，我最討厭就是改那些細眉細眼的文法。」女子也附和著。

兩人走近咖啡機，按鈕沖了咖啡，然後急速離開。

「如果你遇到喜歡講上司是非的同事，會怎樣自處呢？」珍妮花笑著問。

「我只想踏實做好自己的本份，其他的人或事我都不想參與其中。」紫瑤認真地答。

「但在公司金字塔裡面，處於低層的小薯，要和同級同事一起拍住上，互相關照，要得到同事的認同，一旦孤立自己便難以在公司生存，會受到杯葛。」珍妮花感嘆地說。

「如果自己做的工作對公司有貢獻，自己又有存在的價值，就不用怕別人的杯葛了！」紫瑤有信心地說。

珍妮花除了負責公司的接待工作外，也要兼顧一些行政的事務。

大概是受到副總經理李靜兒的特別叮囑過，她對紫瑤格外照顧。

紫瑤跟隨副總經理何志文的團隊工作，負責食品安全及食品加工科技等事務。

何志文是一位中年胖子，整天穿著白襯衣加上磨得發白的牛仔褲，卻容不下他那巨型的啤酒肚。

紫瑤聽聞他對下屬終日呼來喝去地分配工作，自己卻清閒地坐在大班椅上談天說地。此外，何志文對「老細」的話惟命是從，縱使有更好的處事方法，他一概不接受，只依循舊方式去做，繞彎兒多，事倍功半，工作效率低，卻將責任推卸在下屬身上。

入職第一週，一切還算順利。

紫瑤的職位是健康食品主管，負責編寫健康食品建議書和跟進食品的製作過程。她帶領手下三位健康食品分析員，負責搜集各種健康食品的資料與營養價值，更要協助推廣宣傳及銷售。

香港的冬天不算寒冷，但天文台預報將會有寒流南下。

紫瑤清早出門，迎面吹來寒風，她穿得有點少，實在很凍。她決定先到街角的星巴克喝杯咖啡，把身子暖和過來再去上班。

咖啡館的暖氣開得很足夠，她端著咖啡找了個單人沙發坐下來，打開電腦回覆了幾份郵件，半杯咖啡入肚，凍麻了的雙手這才恢復到體溫。

這時，一個高大男子從玻璃門走了進來。男子穿一件黑色長款的羊毛大衣，裡面是一套灰色西裝，白襯衣、深藍色格紋領帶，渾身上下透著一股商務高層的影子。

男子要了一杯咖啡，隨手拿了一份報紙，正要找個座位坐下，一抬頭，看見了她，便走到她對面的沙發坐了下來。

紫瑤淡定地喝了一口咖啡，她想起早前一位同事曾經說過：「總經理整天都黑口黑面，所以我早上見到他也不會和他說早晨。」

「見到別人黑面真的會影響自己的心情，誰人都想有一個笑臉迎人的上司，下次我見到這位黑面總經理的時候，我可以笑臉對他說聲早晨。」紫瑤記起自己曾經滿有信心地回答這位同事。

「難道今天是我實踐承諾的時候嗎！」紫瑤在心中思考著。

「沈總經理，早晨！」紫瑤面露笑容對著男子說。

沈思明感到驚訝，因為公司內很少有人會向他說聲早晨。

他隨即向紫瑤點頭並回報以淡淡的微笑。

紫瑤返回公司，決定先去食品分析部與製作部逛一圈，看看自己幾個手下的工作進程。

這是一群快樂的年輕人，每次跟他們打交道都令紫瑤得到很多的正能量。

「早晨！袁主管。」見到紫瑤推門進來，一個身形微胖的男生將一份文件交給她。

「這是我們一星期前搜集到有關坊間健康食品質素的資料。」男生名叫李俊朗，是食品化驗技術員。

「瑤姐！你今天穿這麼少啊？」身後傳來清脆的女聲。

紫瑤一回頭，看見了王詠梨，她是應屆中學文憑試畢業生，有一張俏皮的圓臉，染一頭栗色的短髮。她剛從外面進來，手裡拿著一個浸了油跡的牛皮紙袋，散發著生煎包的香味。她脫下厚綿衣，指著紙袋說：「熱騰騰的生煎小包，吃一個嗎？」

「不用了，謝謝。」紫瑤擺擺手。

「主管，今天早上的會議不去行嗎？還有些食品分析未完成。」一位清瘦的女孩已經在電腦前忙碌地操作，雙手飛快地在鍵盤上打字。女孩名叫鄭保蓮，是營養與食物管理副學士。

「上午的會議你可以不去。」紫瑤點點頭：「但下午的會議就一定要去呀！」

「知道，好的。」

紫瑤的這批手下，年齡與她相約，說話也投緣，大顆兒都喜歡她，信服她。

第四十八章 只有情永在

在袁紫瑤入職的這幾年內，公司漸漸形成兩大陣營。

一個是以副總經理何志文為主的「元老派」，團結在他周圍的主要是一批他從總部帶過來的心腹，包括幾乎所有的行政、人事和財務人員。他自己也與公司的領導保持著親密的互動，號稱「上面有人」。

另一個是以副總經理李靜兒為主的「實力派」，因為處於行業競爭的核心位置，在公司有著不可取代的地位，特別是他們團隊清楚知道市場對健康食品的需求，恰當地提供推廣銷售的方法，提高了公司的銷售額，令公司有營利。

紫瑤對手下的三位成員有著很強的保護慾，總想讓他們放手去幹，盡力發揮所長而不受行政上的框框所限制。但副總經理何志文做事官僚作風嚴重，喜歡拉幫結派，喜歡被人吹捧。

紫瑤個性率直，為人處事上未夠圓滑，經常因為團隊的工作安排與上司發生沖突，有時不免硬碰硬，幾年以來，關係比較緊張。

雖然與上司的關係不算好，但中間有李靜兒支撐著，紫瑤的日子還算自在。

這些年來，紫瑤也努力地改進自己的溝通能力，說話時盡量注意方式和方法，有時候也主動地跟上司聊聊天，開開玩笑，爭取緩和一下兩人之間的緊張氣氛。只要不是太為難自己，為難手下，對上司分派的工作也是盡力配合第一時間完成。

早上，袁紫瑤返回辦公室，預備處理一些緊急的文件，桌上電話鈴聲響起。

「今天會有一位新同事到來，她將加入你的組別，接替鄭保蓮的位置。此人來頭不小，她是剛從外國學成歸來董事長的女兒陳心兒。」上司何志文從診所致電回來安排新同事的職位。

保蓮是紫瑤的得力助手，工作勤奮，又有營養學的專業知識，與其他兩位同事相處融洽，合作愉快，令到組別的工作效率非常高。對於上司無故調走她，讓一位毫無經驗的新同事填上，紫瑤要和上司理論。

午後，一位女士扭著腰枝，向紫瑤的辦公室走來：「我是來上班的！」

「讓我弄清楚整件事情後，再為你安排工作吧！」紫瑤請她坐下，自己往找副總經理何志文。

推門入內，只見上司桌上放了一個病假的字牌。

紫瑤撥了一個電話到人事部查詢，始知陳心兒是何志文特別安排到紫瑤的組別，去取代鄭保蓮的位置。紫瑤向人事部解釋因為新同事沒有足夠經驗，希望保蓮留任，再安排新同事學習其他工作。但他們一意孤行，調配即時生效。

保蓮走後，紫瑤要親自教陳心兒如何去編寫健康食品分析建議書，又要重新安排本組工作的分配，每天像踏著風火輪般團團轉！

個多月後，李俊朗和王詠梨怨聲四起，原因是陳心兒將所有工作推到他們身上，自己卻到處與人閒聊。

「陳心兒拿著禮物到何志文的辦公室內，閉門長談數小時，可見擦鞋功夫一絕！」李俊朗悻悻然說。

紫瑤好言相勸心兒做好自己份內的工作，她卻搬來「卸膊」理論 ，可將工作分配給下屬去做。李俊朗和王詠梨與陳心兒是同事關係，但心兒卻時常將他們視作下屬來差遣，對於紫瑤這個直屬上司則視若無睹。

紫瑤處於惡劣的工作環境，滿肚子屈悶氣，跟誰抗辯呢？若非當權者，光憑嘴皮爭勝，最終的受害者還是自己，她只得忍氣吞聲地苦幹。

開了一個上午的會議後，李靜兒在走廊上攔住袁紫瑤，笑著說：「你今天情緒不對哦！」

「沒什麼。哪有！」

「開會時你一個笑容也沒有，從頭到尾都板著臉。」

共事五年，李靜兒利用職權給了紫瑤很多的關照，使得她可以在一種比較輕鬆的心境下完成了相對於其他人來說算是繁重的工作，兩人的友誼越來越深。盡管如此，她們也沒有親密到無話不談的地步，畢竟李靜兒是她的前輩，也間接是她的上司。紫瑤不希望因為自己在工作上的煩惱而令到李靜兒與何志文兩位副總經理發生任何不愉快的爭議，況且，何志文有公司領導的撐腰，新調來的那位又是董事長的女兒，倘若李靜兒為她出面理論，會得罪上層。

「你真的十分能幹，在公司的工作繁重，回家又要照顧小孩，每天見你都不急不燥，應付自如。」紫瑤真心佩服前輩的幹勁。

「因為吃藥了。」靜兒從手提包取出一小袋藥丸給紫瑤看。

「前些時日，我因為工作忙到神經紊亂，無法集中注意力，每天對著電腦發呆，沒法專心做事，醫生就開了這藥給我，說是一種抗焦慮的藥。」靜兒笑著搖搖頭。

紫瑤上網查看「帕羅西汀」是抗抑鬱藥，在臨床上常用於治療抑鬱症、強迫症、驚恐症、社交焦慮症等，透過抑制血清素的再吸收，保持腦內神經傳導物質的平衡。

「這藥的副作用大嗎？」紫瑤擔心靜兒的健康。

「初時副作用較明顯，現在適應了也可以接受。」

「週六來我家吃飯閒聊吧！」靜兒笑著邀請紫瑤。

「我家住處比較偏遠，總經理沈思明與你的住處比較接近，我請他順道接載你來好嗎？」

「總經理也去？」

「是的。他是我先生張旭明球場上結識的好朋友，時常相約一起打網球。」

李靜兒的花園洋房有上下兩層，下層是客廳和飯廳，上層是睡房。

靜兒帶著紫瑤和思明樓上樓下參觀了一遍，兩層都裝飾得十分精緻。

接著，靜兒將他們引領到客廳的沙發坐下，給兩人倒了一杯鮮搾的西瓜汁。

「多喝點，可以消暑又解渴。」

「紫瑤有興趣打網球嗎？我家有一位網球教練，你身旁更有一位網球高手呀！」靜兒指著沈思明笑著說。

「我沒有運動細胞，恐怕連球拍都拿不穩。」

「做運動對身體健康有好處呀！如果你學懂打網球，我們可以相約一起打網球。」

「你們閒聊吧！我還有最後兩道菜要煮。」

「我來幫忙嗎？」紫瑤站起來。

「不用不用，菜都切好了，下鍋炒就成。」

靜兒說完轉身去了廚房，不一會兒功夫，抽油煙機轟隆隆地響了起來。

門忽然開了，張旭明帶著兩個孩子進來。

「菜已經全部煮好，可以開飯了！」靜兒從廚房伸出頭來說。

紫瑤看見靜兒的兩個孩子，男孩女孩都很漂亮，大眼睛，膚色亮白，不論是相貌還是身材都繼承了爸爸的基因，完全找不到媽媽的影子。

兩個孩子叫完了叔叔和姨姨後，就嘻嘻哈哈地跑到浴室洗手去了。

大家到餐廳坐下來，四個大人兩個小孩，五餸一湯，葷素齊全。

紫瑤一日三餐以外賣為主，已經很久沒吃過像樣的家常菜了。她非常欣賞靜兒的廚藝，更羨慕一家人共聚的溫馨氣氛。

飯後，孩子去了二樓，大人們在客廳閒聊。

「你們是怎樣認識的？」紫瑤好奇地笑著問。

「在網球俱樂部，她來學習打網球，剛巧我在那裡兼職做網球教練。」旭明望向靜兒笑著答。

「我教她打網球，別看她個子矮跑不快，悟性可好呀！一學就會。」

「你又取笑我身材矮小。」靜兒輕拍著旭明的肩膀。

「明師出高徒呀！她的球技高超，我也很難打贏她。」沈思明在旁笑著說。

「承讓、承讓。」

「你們都是網球場上的高手，我簡直是望塵莫及。」紫瑤微笑搖搖頭。

「跟我們一起打網球吧！有兩位免費教練可供選擇。」靜兒望向身旁兩位男士。

第四十九章 相遇相知相許

公司一年一度聯歡晚宴設在五星級酒店的宴會廳內。

女士們描眉畫眼線，塗抹胭脂，點上口紅，身穿名牌晚裝，個個都似貌美如仙。男士們又是西裝筆挺，風度翩翩。

袁紫瑤在公司任職五年多，首次參加盛宴，她沒有刻意用華麗衣飾來包裝自己，只隨意地穿上一套米黃色羽翼般的衣裙。在柔和的燈光下，她嬌人的身姿格外玲瓏，蠻腰更加婀娜，肌膚白晢，在盛裝的眾女伴中，更具吸引力。

「你今晚真是豔光四射呀！」李靜兒笑著走近紫瑤。

袁紫瑤輕快地走向李靜兒和張旭明夫婦，又和自己兩位好助手李俊朗與王詠梨握手談笑。

宴會廳內密密麻麻地站了近二百多人，大家都在低聲說話。幾個穿著燕尾服的服務員端著酒盤和各種小吃在人群中穿梭往來。

「擦鞋王來了！她身旁還有一個中年男人陪伴著。」李俊朗輕聲說著。

紫瑤望向宴會廳的入口，只見陳心兒正和一個年約五十的男子昂首闊步走進來。

陳心兒穿了件白色的一字肩小禮服，外套一件紅色的長款無扣羊毛大衣，在臉上化了一個濃濃的晚妝，用幾種色澤的遮瑕膏遮掩她的黑眼圈，看上去似是風騷動人的模樣。她穿著八厘米的銀色高跟鞋，走起路來讓她的腰扭得更厲害了。

「歡迎董事長陳一帆先生蒞臨。」何志文急忙迎上前。

何志文與陳一帆和陳心兒走到前排中央的圓桌坐下，其餘各人亦紛紛入座。

紫瑤與李靜兒夫婦及沈思明同桌，李俊朗與王詠梨和鄭保蓮及珍妮花她們坐在較後的圓桌上。

宴會正式開始，各色菜款如流水般地端上。

中段時間，人們開始離開自己的座位，互相敬酒。

紫瑤他們沒有跟著去敬酒，只和同桌的人一邊吃一邊聊天。

剛巧紫瑤面前正好擺著一盤大蝦，她用叉子叉住一隻大蝦就往嘴裡送。

「蝦不可以這樣吃呀！蝦殼這麼大，會卡住喉嚨的，讓我來。」思明笑著說。

思明用餐刀將蝦殼剝下，再用叉子將蝦肉放進紫瑤的碟子裡。他一邊為她剝蝦一邊和同桌的人說話。

宴會結束，兩人之間除了剝蝦吃蝦之外，也沒有更多的交談。李靜兒和張旭明夫婦望著兩人，彼此眨動眼睛，發出會心的微笑。

宴會散後，思明將紫瑤送到門外：「我送你回家吧！」

翌日，袁紫瑤返回公司，接獲總經理沈思明的通知，在下週一要和他一起去參加亞洲天然及營養保健品展。這是一個將健康原料、食品配料、食品加工與包裝機械等食品系列的展覽會，亦是食品產業鏈一站式的商貿盛會。原本是總經理與副總經理何志文一起前往，但何志文知道會議場上有健康食品的論壇和報告，他推說有更重要的事處理未能抽身前往，並推薦下屬袁紫瑤代表出席。

論壇在上午，報告就安排在下午，中間只有一小時的午飯時間。

紫瑤對報告的內容已經熟悉到不能再熟悉了，但鑒於會議的級別，機會的珍貴，她不想有任何的差錯。為了保持清醒，她沒有參加應酬，只吃了一個麵包，就躲到一間咖啡館裡準備Power Point.

「會議馬上要開始了，你是第一個做報告的，準備好了嗎？」沈思明不知何時走近紫瑤身旁說。

「準備好了！」紫瑤放下手中的咖啡杯，拿起手提電腦跟隨他進入會議場地。

紫瑤穿了件湖水藍色的碎花連衣裙，臉上的妝容很淡，骨架小巧，皮膚細嫩，看上去像個剛剛工作的大學生。

下午有三人做報告，每人三十分鐘，講台上端坐著會議主持人，在他的左方擺了三張椅子，三位報告者已經入座。

時間已到，台下還有些人在講話，場面有些嘈雜，主持人清了清嗓子，朗聲說：「請大家安靜就座，報告即將開始。」

沈思明望向前方的講台，只見袁紫瑤接上投影機，將搖控器拿在手中，朗聲說出有關食品科學及營養學的資料，包括食品開發、品質管理、食品加工科技、食品安全及食品服務體系和食療及營養學等。然後，她又圖文並茂介紹食品製作的過程。

報告完成後，台下響起熱烈的掌聲。

三人都在時間範圍內先後做完了報告。

紫瑤步下講台，還未有時間喝水，就被大家圍得水洩不通，有現場咨詢，有索取簡介，亦有公司要求購買食品，她都熱情地作答。

「上午有論壇，下午有報告，這是很高端的行業會議，你能單獨做報告，而且反應熱烈，說明你很厲害。」思明走近送上一杯咖啡。

「我是很厲害的。」紫瑤微笑。

「但不夠謙遜。」思明補了一句。

「在你面前我不需要謙遜，不然的話，會被你給我打低分，我只好拔高自己，讓你得出正確的平均值。」

「嘴巴也不饒人。」他又說。

她瞪了他一眼，看見他還是那麼帥，無論坐在哪裡都精神煥發，光彩照人，舉手投足中有種自我陶醉的優雅。他五官端正，笑起來天真爛漫，臉孔一繃緊立即變成冷傲。

聖誕前夕，思明相約紫瑤到郊外遊玩。

「我考到滑翔傘證書，拿了雙人執照，可以帶你去飛行。」思明興奮地說。

「今天天氣特別好，萬里無雲，風速穩定，這個山坡的上升氣流特別大，我們能夠飛得很高很遠呢！」思明觀察了一下雲層和風向，他們到北面的山坡開始擺傘，檢查裝備。

思明幫紫瑤穿上腿帶、胸帶，兩人戴上頭盔，綁好背帶。鋪好傘後，全身上上下下反複檢查了幾遍後說：「準備好了嗎！」她點點頭，思明說：「一、二、三」，然後一起往前跑，兩人將身子用力前傾，小跑了十來步後，滑翔傘充氣而起，升入空中。在氣流的作用下，傘翼晃了晃，一面上升，一面向著山谷的方向飄去。

思明雙手拉著操縱圈，帶著紫瑤越飛越高。山谷層巒疊翠，一團團的雲彩從地面掠過，林中鳥聲啁啾，山間泉水蜿蜒，農田像一件巨大的袈裟鋪在眼前。

紫瑤開始時有點害怕，一直閉著眼睛，心跳如狂，緊張到喘不過氣來，她緊緊地抓著纜索，身子在空中亂晃，一直升到三十幾米，才漸漸平穩。睜眼一看，綠意映入眼簾，是山上的綠樹和腳下的農田，大地緩緩下沉，森林與草地融成一片。她抬頭看著前方，湛藍的天空異常純淨，幾只五顏六色的滑翔傘飛行在他們的四周，如朵朵煙花在空中綻放。被眼前的景色震撼，她半天沒有說話。

「你在想什麼？」身後的思明問道。

「永恆。」

「什麼樣的永恆？」

「無始無終，眼下的山川湖泊，岩石草木，不知道為何而生？為何而滅？也許這才是生命本來的樣子。」

「有道理。我們可以經常來玩滑翔傘，對身心都是很好的放空，可以減輕工作上的壓力，還可以用它來治療焦慮症呢！」

「我們好像已經飛過了降落的地點。」紫瑤望向地面說。

「是的，我會多飛幾圈，讓你在空中待得久一點。」

「謝謝你！」

紫瑤忍不住想，她不是顏控，對英俊的男人比較防範。但不得不承認，思明有一張令人難忘的臉，五官和諧地湊合在一起，深邃的眼睛，挺直的鼻樑，弓型的嘴唇，很自然很好看。而且，他為人溫文儒雅，又懂得照顧人，與他在一起會給予人很舒服的感覺。

平安降落後，思明帶領紫瑤到無邊際的大草地，清澈見底的蔚藍大海便映入眼簾。兩人並肩坐在草地上，思明轉過身來，環住紫瑤的頸子，深深地吻了上去。他的吻很輕柔，卻又是纏綿不休地，她想掙脫，發現自己的腦袋被他雙手緊緊地捧住，他熱情地吻著她。過了片刻，他平靜下來，用額頭抵著她的額頭，微笑著摸了摸她的臉。

一道冷風吹來，紫瑤凍得一陣哆嗦。

「你冷嗎？」思明問道。

「有點冷，不過還可以。」

思明解下自己的頸巾，伸長手臂，轉身圍到紫瑤的頸間。

「我們先訂婚吧！」他捉住了她的手說。

「把手伸過來。」思明從口袋裡掏出一顆亮晶晶的東西，慢慢地戴進她的中指。

「這是你的定婚戒指。」紫瑤低頭一看，是一顆式樣簡單的鑽戒，在陽光的折射下熠熠生輝。

第五十章 緣起緣盡緣滅

湛藍的大海上，一兩隻風帆在海面掠過。岸邊，細軟的沙被陽光炙得熱烘烘，袁紫瑤踮著腳走在細沙上，像跳著芭蕾舞。

「媽媽，大象也來沙灘遊玩呀！」紫瑤聽見身旁的小男孩拍掌歡呼。

遠處的海灘上，一群大象正慢慢地踱步，牠們背上騎著十多名觀光遊客。

海浪一忽兒拍向岸邊，一忽兒又退回大海。忽然，海水像被無形的強大拉力向後拖回海的深處，海岸線向後倒退，沙灘上佈滿美麗的貝殼。小男孩牽扯媽媽的手，跳蹦蹦地到處拾貝殼。

象群突然吼叫，平復片刻，又再情緒不安，朝海的反方向狂奔。

「快逃！」身旁一位男子強拖著紫瑤的手，向山上狂奔。

數秒間，海水席捲一公里遠。

逃跑的時候，男子向後望，見到一位女子正吃力地拖著小男孩遠遠地跑著。

男子叮囑紫瑤繼續往山上跑，自己折回去救小男孩和他的母親。

巨浪滾過大地，沙灘旁的建築物被水沖倒塌下來，滿目滄桑。

太陽將要落山，天邊的緋紅彩雲吻著大海時，紫瑤站在微黃的細沙上，望著晚霞漸漸地退去，灰色的天幕慢慢地籠罩了大地，遠處傳來隱約的犬吠聲，更顯出四周的寧靜和夜的寂寞。

天色漸暗，烏雲忽然沉甸甸地壓著天邊，海水拍打著岩石，一道銀蛇般的閃電將天空撕裂開，緊接著辟哩啪啦的巨響滾過大地，紫瑤慌忙離開。

紫瑤從夢中驚醒，多年前一次驚心動魄的旅遊，令她感悟到大自然變幻無常，人生聚散更難預料。世上所有事情都是有始有終的，就像緣份也會有盡的。

在茫茫人海走到一起是緣份，珍惜當下，珍惜眼前，紫瑤更珍惜有思明陪伴的這一程。在人生的旅程上，有牽掛的人，可以陪她走完這一生，真是無窮的幸福。

年幼時，紫瑤的父母離異，她跟隨母親同住。大學畢業後，母親再婚移居澳洲，她開始獨個兒的生活。

紫瑤認為不是自己在選擇生活，相反地，是生活在選擇她。當她遇到太多不靠譜的人，這中間還有自己的親生父母，在很小很小的時候，紫瑤就學會算計，謹慎付出，因為她從來沒有得到過無條件的愛，每一份愛都是自己爭取的，小心翼翼地培養的。在感情方面她根本大方不起來，因為每一份關心，每一次歡樂，都是那麼珍貴，都需要捧在掌心，一不小心就會破碎。

在紫瑤的印象中，思明的穿著以寬鬆舒適為主，看似休閒卻不隨便，從色彩、配搭和質料上能看出他有一定的衣著品味，不一味地追求新奇高檔，但也不是翻出件衣服想都不想就往身上穿。

思明有嚴重的潔癖，從本質上說，他是一個完美主義者，對生活的品質有所追求，但僅限于閑暇時光，一旦忙起來，他會變得十分隨便，文件亂堆，衣服亂扔，家裡可以亂成雞窩。

下班回來，他脫下外套，摘下領帶，換了一雙拖鞋，從皮包裡拿出電腦，就坐在桌椅上，專心地打字。

思明的母親從美國回港渡假，住在思明家中。

「這就是你的未婚妻子吧！」思明的母親六十多歲，只管向紫瑤上下左右審視一番，態度冷淡。紫瑤只感到渾身不自在，硬著頭皮也要溫柔地向她問好。

「我似不受歡迎！」紫瑤向思明傾訴。

「媽不拘小節，相信你們可以融洽相處。」思明邊說邊將房間收拾一下。

一陣刺耳的汽車剎車聲和急速的電話鈴聲強行打斷了紫瑤的思緒，她猛然回過神來，發現自己竟然站在馬路中間，一輛汽車正停在距離自己很近很近的地方，近到就要撞到她。她頓時清醒了起來，往後退到路邊，看著汽車再次疾行而去。

電話鈴聲依舊固執的響著，她看了看，是思明媽媽打來的。紫瑤趕緊擦乾了臉上的汗水，接過了電話。電話那端傳來冷冰冰的聲音：「袁小姐，我們思明即將被公司派去美國深造半年，等他回來時，一定會晉升更高的職位。你們在一起，我本來就是不同意的，但他喜歡你，所以我才沒說什麼，既然現在你們將會分隔兩地，希望你可以主動離開他，不要再繼續糾纏我的兒子了。」

紫瑤握著手機的手指在微微發抖。

「思明這次去美國，身邊還有另外一個女孩子，那個女孩子家世很好，將來對我兒子的前途肯定有幫助。而且她也喜歡思明，我希望她能夠成為我們沈家的兒媳婦。你家境一般，這樣的身份怎配得上我兒子思明。如果我阻攔你們，思明未必會同意分手，可是如果你主動提出分手的話-----」

思明媽媽的話點到為止，紫瑤是聰明人，就算不說，她也明白下面的話是什麼意思了。

「我和思明是真心相愛的，為什麼他的媽媽一定要拆散我們？」紫瑤心中一陣抽搐，淚水不受控制地湧出來。

紫瑤返回公司，進入茶水間，走近咖啡機，按鈕沖了一杯黑咖啡。她將杯中的咖啡一口飲盡，此刻，嘴巴裡全是苦澀。

她靜靜地望著窗外，明明是同一個城市，城區與近郊，卻是兩種天氣。市中心陽光明媚，而這裡卻是陰沉著天，雲層陰翳，彷彿隨時都有一場大雨落下。

第五十一章 離愁別緒記心頭

時間悄悄地流逝，沈思明下週便要離開香港到美國深造了。

離別前，思明駕車和紫瑤到馬鞍山昂坪大草原玩滑翔傘。

「我們在這裡玩一整天，玩完滑翔傘，就在昂平營地露營，看日落、日出啦！」思明轉過頭來對坐在副駕駛位置上的紫瑤笑著說。

「昂平草原更是芒草處處，可以欣賞芒草的美景，有很多牛牛在吃草呀！」

「牛牛吃草，我們吃什麼？」紫瑤探頭過去，在思明的臉上親了一下。

「當然不會令我的女皇捱餓啦！我準備了燒烤爐具，還有燒烤食材：牛排、羊排、雞翅、玉米和紅薯，還買了幾斤炭。露營帳篷和戶外露營用品齊全，保證令你有一個舒適又難忘的體驗。」

思明將車停泊在馬鞍山郊野公園旁邊的免費停車場，泊好車後，兩人手拉手沿著馬鞍山村路前進。約半小時後，他們到達一個涼亭，穿過涼亭繼續直行，很快便到達昂坪大草原。

「今天天氣很好，萬里無雲，風速穩定，我們可以起飛了！」思明開始攤傘，檢查裝備。

思明替紫瑤穿上腿帶、胸帶，兩人戴上頭盔，綁好背帶。鋪好傘後，全身上上下下反複檢查了幾遍，思明就帶著紫瑤向下坡沖去，風力很大，沒走幾步，身體「騰」地一緊，到了空中。

紫瑤睜眼一看，綠意映入眼簾，是山上的綠樹和腳下的農田，大地緩緩下沉，樹林與草地融成一片。

滑翔傘在空中無聲地滑行，思明熟練地操控著，輕風襲來，滑翔傘緩緩上升，刺眼的陽光讓紫瑤覺得天空正在旋轉，整個地球都似乎跟著他們飄向遠方。

「你離開香港後，就沒有人會帶我飛上天了！」紫瑤傷感地說。

「傻孩子，半年後，我回港就可以再帶你翱翔天際。」

紫瑤記起思明媽媽的警告，他們家境比較富裕，思明又是獨生子，他母親覺得自己配不上她的兒子，半年後會發生什麼事情？誰人可預測！

紫瑤有很多担心，一時間，千言萬語，說不出口，眼睛裡蓄滿了淚水。漫長人生路，只是知音無處覓，空虛的心境誰人來安慰，誰願意背起孤單說別離。柔情是痛苦的思念，收起眼淚，一生想念，你的背影很美，在晚霞彩雲間。

平安降落後，思明帶領紫瑤返回無邊際的大草地。

思明迅速弄好露營帳篷，燒烤爐具，燒烤食材和炭。

紫瑤看見不遠處的草地上撐起了一個精緻的帳篷，旁邊的燒烤爐已經點上了火。風向變了，她聞到一股烤肉的香味。

「好香呀！怎樣烤？我來幫你吧！」紫瑤脫掉外套，走近思明身旁。

「不用。你拿著這個等著，很快就可以吃。」思明交給紫瑤一個紙盤子。

紫瑤站在思明身邊，不肯走開，他烤一個，她吃一個，就像幼稚園裡等著放飯的孩子。

牛排的油滴在炭上，滋滋作響，思明抓了一把胡椒，均勻地灑在牛排上面。

「你必須要嚐一口這個牛排，味道好極了！」思明切下一塊牛肉，用叉子叉住遞給紫瑤。

「很嫩，很軟，很好吃。」紫瑤傻笑著讚不絕口。

吃飽之後，兩人坐在草地上休息。他們很少說話，沉默也是一種享受。

當太陽從西山收斂起金色的餘輝，林中的小鳥已紛紛歸巢，天地間織出一簾厚重的暮色，月兒悄然從天邊升起，宛如俏麗女郎緋紅的臉頰。紫瑤輕靠在思明的肩膀上，思明緩緩地伸手將她擁入懷中。

紫瑤喝了些酒，有點醉意，閉起雙眼，享受晚風吹拂之樂。

思明凝視著她嫣紅的臉孔，在夕陽徹底落入海平面時，他俯身，嘴唇輕輕落在她的唇上。如想像般柔軟，也如想像般甜美，他心裡卻湧起淡淡的離愁。

這個日落之吻，就如同他對她的感情，甜美中帶著點點苦澀。

寧靜的深夜，星空璀璨，閃爍的星星在向他們眨著眼睛。

「那是小熊星座，那是北斗七星，那是天蝎星座。」思明仰著頭認真而耐心地指著夜空裡一顆顆遙遠的星辰，輕聲地告訴紫瑤。

「你會是北斗七星嗎？為我指示前行的方向！」紫瑤若有所思地說。

「你是我心中的月亮。」思明柔情似水地向紫瑤細訴心曲。

「月亮好孤獨，星星離她那麼遠！」

「小別勝新婚，星星會陪伴在月亮左右，開心地聊天，共創美好的將來。」思明緊握著紫瑤雙手，放在自己的心胸上。

微風輕吹，紫瑤靠近思明的懷中睡意漸漸濃。思明輕巧地站起來，將紫瑤抱起，進入帳篷內。

思明將紫瑤放在露營睡墊上，替她蓋好被子，自己坐在旁邊，靜靜地望著紫瑤。只見她嘴唇緊抿，眼睫毛輕輕地顫抖著，像蝴蝶輕輕扇動翅膀，似有淡淡的哀愁輕輕的罩住了她。

「是她的離愁別緒？難道是我沒有給她幸福婚姻的保證？令她欠缺安全感！」思明反覆思量，心中隱隱作痛。

黎明時分，天邊露出一抹淡淡的霞光，猶如害羞少女綻放出紅潤的笑臉。

日出時分，天空泛起柔和的金色，如同無盡的希望，逐漸將世界染上溫暖的色彩。初升的朝陽，在雲霞的迎接中，把萬物都喚醒了，小草睜開了它那朦朧的睡眼，花兒抬起了它那美麗的臉龐，望著這美麗的一切，一切都睡醒了。

紫瑤從迷迷糊糊中醒來，當她步出帳篷，看見思明坐在草地上，笑瞇瞇地看著她。

「我預備了早餐，還有你喜歡的美式咖啡。」

紫瑤喝了一口咖啡，整個人都清醒過來。

「看！朝陽緩緩向上挪動，霞光盡露，那輕舒漫卷的雲朵，彷彿穿著彩裝的少女，輕盈起舞。」思明指著在水平綫上緩緩升起的太陽，笑著對紫瑤說。

「四周被太陽照射暖洋洋，我們在大自然的美景下一起享用早餐吧！」思明細心地將食物放在紫瑤的盤子上。

回家路上，思明緊握方向盤，他看了一眼坐在身旁的紫瑤，看到她微蹙的眉梢和緊閉的嘴唇，倚著車窗，呆呆的望著窗外的景物，那些飛馳著向後退的樹木、田野和路旁的花朵。

機場送別時，沈思明那含情脈脈的目光令袁紫瑤依依不捨。

飛機在跑道上起飛，剎那間已衝入剛破曉的天空。天還是一片灰暗，太陽早躲進天幕裡，厚厚的雲層四處飄散。

第五十二章 飄逝的諾言

沈思明進入了機艙，沒想到發現陳心兒居然與他是鄰座，心兒的坐位靠窗，思明的坐位則靠通道。每次一進一出，思明必須起身讓位置給她。

「這麼晚才到，是交通擠塞嗎？」心兒臉上堆滿笑容。

思明東張西望，想在別處找個坐位，可惜目光所及，全個經濟艙都滿座。

「先生，需要幫忙嗎？」空姐見他拿著手提行李箱，半天不落坐，走過來問道。

「想升個艙，可以嗎？」思明立即說。

「抱歉，商務艙也滿座了。飛機快起飛了，你還是先坐下吧！」空姐微笑著答。

思明只好將手提行李放入行李架內，坐在心兒身旁。

思明今天穿了一套淺灰色的西裝，襯托著藍色的領帶，看上去風度翩翩，心兒裝作不小心的樣子撞進思明的懷裡。

「你想幹什麼？」思明望了她一眼。

「我想拿毛毯，機艙有些凍。」心兒含情脈脈地看著思明。

思明坐直身子，抽出耳機往耳朵裡塞。

「別聽音樂，我們聊聊天，好嗎？」心兒毫不猶豫地把他的耳塞拿下來。

陳心兒第一次見到沈思明是在她十二歲生日的時候。

陳家從商，生意做得很大，父親十分寵愛這個獨生女兒，特別為她舉辦了一個生日宴會，希望將她介紹給親朋好友及商業夥伴認識。沈思明的父親與陳家有生意上的來往，因此，沈家也被邀請出席生日宴會。

在吹蠟燭許願的時候，心兒閉著眼睛，雙手合十，心中期盼能夠遇到一個白馬王子。

當她開始切蛋糕時，見到一個高瘦的身影站在餐桌的對面，一張英俊卻帶點孤傲的臉，男孩穿著潔白的襯衣，黑色背帶短褲，脖子上扎著一隻深藍色的領結。他微抿著嘴唇，眼睛望向窗外。

心兒將蛋糕拿給他，男孩說聲：「謝謝！」迅速走開。

那段時間，恰巧沈家正爭取與陳家合作做生意，所以一度成為陳家的常客。

沈父因病離去，沈母希望與陳家繼續生意上的夥伴關係。沈母是個很聰明的女人，先是投陳心兒母親所好，陪她一起購物、美容、喝下午茶，後來有一次她帶沈思明來陳家作客，發現陳家的小姑娘對兒子非常熱情主動，之後每次拜訪都會帶上他。

每次沈思明來，是陳心兒最開心的時候，只是，她努力想要跟他親近，找各種話題跟他說話，他總是冷冷淡淡的，她說的多了，他臉上甚至出現不耐煩的神色，從書包裡拿出課本，埋頭寫起作業來。

沈思明對陳心兒的冷淡甚至討厭，是因為母親對他說過要對心兒好一點，沈家需要陳家的幫忙。還有他們年齡相若，又從小認識，以後可能成為一家人。思明雖然年紀小，已經聽明白母親話裡的意思，所以，他很討厭那個總愛黏著他，故意討好他的小姑娘。

思明中學畢業後，決定到美國留學。讀書那幾年，就連寒暑假也很少回港。只有在某年春節回港一次，沈媽媽硬要和他一起到陳心兒家裡拜年。吃飯的時候，心兒故意坐在思明身旁，他卻一直埋頭玩手機遊戲，除了最初跟她打了聲招呼之後，什麼多餘的話都沒有跟她談。思明那種先入為主的情緒很難再改變，如果說喜歡一個人的心思會隨著歲月漸漸滋長成為愛，那麼拒絕接受一個人靠近的心思同樣也會隨著歲月而滋長成為討厭。

心兒曾經嚷著要去美國留學，陳爸爸一口拒絕，理由是她年紀太小，不放心。陳媽媽也不贊成，要到她十八歲才可以考慮到外國留學。

後來，陳心兒的父親陳一帆投資開設一家集團公司，負責健康食品的製作與銷售，而沈思明一家也移民美國定居，他們便失去了聯絡。

十多年後，陳心兒從外國學成歸來，剛進入父親任職董事長的公司上班，竟然發現沈思明是這間公司的總經理，心兒喜出望外地告訴爸爸。

「你對思明的印象如何？」陳一帆好奇地問。

「思明不僅英俊瀟灑，又才華洋溢，他對人溫文儒雅，但做起事來又幹勁十足。」

「如果你喜歡他，要主動向他表明心跡呀！好的男孩會有很多追求者。」陳一帆亦希望思明可以成為自己的女婿，將來幫助獨生女兒接班管理公司。

生命的醒覺常常在一夜之間來臨，陳心兒覺得自己充滿了活力及喜悅之情，鏡子裡的自己是美麗的，那明亮的眼睛，那微紅的雙頰和濕潤紅艷的嘴唇，她開始編織與沈思明夢幻般的愛情故事。

翌日清晨，沈思明返回辦公室，看見桌上放置一個精緻的食物盒，盒內有紫色壽司飯和藍色壽司飯，飯中央放了熟雞蛋絲、紅蘿蔔、鮪魚等，用大片的海苔片包裹成繽紛的壽司。

「慢慢享用！」陳心兒拿著一杯香濃咖啡推門進入。

思明開啟食物盒時，故意將放在桌上他和紫瑤的合照推跌在地上，心兒彎下腰身拾起來。

「她是你的……。」

「她是我的女朋友。」

幾天後，思明接到心兒的電話，她說要請他吃飯，那晚他正好有個應酬，就算沒有應酬，他也會找理由拒絕的。後來她又打了幾個電話，每一次都被他用各種借口婉拒了。再傻的人都能感覺到他是故意的，偏偏她一點也不介意的樣子，不知道她是真傻還是裝傻，電話依舊。

心兒不是沒有仔細想過她與思明之間的關係，她的熱情，他的冷淡，心兒以為總有一天，她的真誠會打動他的心。心兒想過很多種情況，但卻從沒有想過最最重要的一點，也許曾想過，但她選擇了忽略，那就是，思明並不喜歡她。

心兒忽然醒悟，原來，思明的心裡早已有了另外一個女人的位置，如果沒有這個女人，思明可能會喜歡她，愛上她。

此後，在辦公室內，陳心兒處處與袁紫瑤為敵。李俊朗和王詠梨與陳心兒是同事關係，但心兒卻時常將他們視作下屬來差遣，對於紫瑤這個直屬上司則視若無睹。

心兒向爸爸哭訴因為公司內一位女職員與思明拍拖，令她無法親近思明。陳一帆決定派思明到美國深造半年，暗地裡也令心兒與他同行。

飛機降落後，總公司派專車接送他們到住宿的酒店。

心兒打扮的花枝招展，跟思明一起上了車。汽車啓動時，她探頭過去親了思明一下，思明立即躲閃。

週末，沈思明的媽媽帶著香檳來到酒店，說是和兒子歡聚，也要和未來兒媳婦見面談心。

「公司派我來美國深造的，況且我有未婚妻。」思明目無表情地說。

「那你陪媽媽吃飯也可以吧！心兒又不是外人，一起吃飯沒有什麼不妥當的。」

他們在酒店餐廳晚飯，沈媽媽情緒高昂，要與兒子舉杯暢飲。思明的酒量淺，幾杯到肚已經醉醺醺。沈媽媽扶著兒子進入房間，讓他躺在床上，然後，她自己進入心兒的房間內。

「你去陪伴思明吧！他喝醉了，只要睡在他身旁，什麼也不用做，我會令他對你負起責任的。」

陳心兒感受到沈思明懷抱的溫暖，忍不住往對方的懷裡鑽了鑽。雖然昨天晚上沒有休息好，讓她全身一陣酸痛，可是她一點都不後悔。

「這是我的房間，你為什麼會在這裡？你為什麼會爬上我的床？」思明臉上充滿了意外。

「昨天晚上到底發生了什麼事情？」思明腦海一片空白，像斷片一樣。

從開始和紫瑤談戀愛，直到訂婚，所有美好的記憶如同電影回放一樣，一幕幕一切都是那麼鮮明的呈現在思明眼前，卻已經變得如此遙不可及了。

他還向紫瑤保證自己從美國深造回港後，再討論彼此未來的婚禮，然而這一切都成了不可能實現的願望。

「好好安撫一下心兒，相信你會懂得怎樣做的。」沈媽媽伸手拍拍思明的肩膀，滿意的轉身離開房間。

思明目送母親離開後，眼眸低垂，眼眸裡藏著別人看不懂的情緒。

他會結婚的，可是跟心兒這個女人在一起生活是絕對不可能的，不過是一紙婚約，他沒有什麼輸不起。

「做生意這件事上，我爸爸只相信家人，他一直想讓我接班管理公司，為此，他特地派我去國外學了幾年管理。但我對這行沒興趣，他見我不大可能繼承家業，就想把一切交給我未來的丈夫。」心兒坐在床上嬌滴滴地對思明說。

「沒有愛情的婚姻就是一場悲劇，我的底線是絕不在沒有感情基礎時的商業聯姻，這個原則，跟我心裡有沒有人無關。」思明只想與紫瑤過著最平凡卻安寧幸福的生活。

自從決定婚期後，他們便搬往沈媽媽在美國的居所暫住。

屋子裡充滿了紅燒排骨的香味，還有蘿蔔炖牛尾湯，清香四溢。

廚房裡傳來沈媽媽和心兒響亮的談笑聲，思明開啟大門，將外套脫下，掛在門後。然後，他將鑰匙往桌上一放，「嘩啦」一響，媽媽立即聽見了。

「你回來啦！菜差不多好了，還有最後一個湯。」

心兒熟練地擺放好了碗筷，思明只是專心吃飯，間中敷衍了一句。

第五十三章 鳳凰花滿樹

那一天，花兒開了又落，花開花落終有時，緣起緣滅無窮盡。

花開了，季節一過就會謝，人與人之間緣份其實也會有開始有終結，人的分分合合無窮盡，沒有誰能永遠地陪伴你，只有孤獨才是永恆的。

袁紫瑤站在烈日下，極力的仰著頭，不希望眼眶裡的淚水再次奪眶而出，她覺得自己全身很冷很冷，從未有過的冷，烈日當頭，心如冰窖。

手機傳來了一張照片，紫瑤睜大眼睛，怔怔地看著這張照片，彷彿被人點了穴道一般，一動也不能動。床上躺著一男一女，女的扒在男的身上，她的嘴唇覆在他的嘴唇上，而他的手正攬著她的腰。男的臉孔向上，竟是紫瑤日思夜念的人，女的長髮垂落，只露出右邊一半的臉孔。

那個女人的臉孔，紫瑤似乎在哪兒見過？

「哦！是她。」紫瑤終於想起來了，是自己公司的下屬陳心兒。

紫瑤身體顫抖，彷彿被針狠狠地扎了一下，她屏住呼吸，僵硬地轉身，麻木地往前走。

電單車急剎車的聲音與身體被撞倒落地的聲響混淆在一起，劇烈的疼痛感令遊魂般的她清醒過來，紫瑤茫然地抬起頭來，發現自己正躺在路邊，有人圍攏過來。

「你怎麼走路的呀？都不看清楚紅綠燈。」電單車司機走過來說。

是車行的綠燈，電單車司機正轉彎，忽然一個人從街角飄出來，他想避開已經來不及了。

「你還好嗎？傷到哪兒？要送你去醫院嗎？」車主蹲在紫瑤身旁問道。

身上的痛是痛，但心裡更痛，痛得紫瑤快要不能呼吸，也說不出一句話來。她不說話，電單車主不敢貿然去攙扶她，因為圍觀的人越來越多，他也不能就這樣走掉。

良久，紫瑤帶著哽咽的聲音響起來：「我沒事，你走吧！」

車主如釋重負，大聲對圍觀的人群說：「是她讓我走的啊！」說完，他騎著車，一溜煙的走了。

有個好心的女孩子蹲下身，將紫瑤扶起來，看見她腿部受了傷。

「小姐，你受傷了，要送你到醫院嗎？」

「不用了，謝謝你！我叫我的朋友來。」紫瑤看了看附近的街道，發現自己正身處於好朋友方雨晴工作的地點。

紫瑤按了雨晴的電話號碼，電話接通後，聽到雨晴的聲音，紫瑤剛止住的眼淚，又撲簌簌地落了下來。

雨晴趕到時，只見紫瑤坐在馬路邊上，雙手抱膝低下頭，身體微微發抖。

雨晴急忙將她扶起來，召喚計程車，陪伴她到醫院去。

從醫院出來，雨晴扶著紫瑤走進醫院通道旁的花園內。

花園通道兩旁種植了鳳凰木，鳳凰木的樹形很美，樹冠橫展而下垂，枝葉茂密張開呈傘形，橙紅色的花朵配合鮮綠色的羽狀複葉，在陽光的照耀下，彰顯出生機和活力。

雨晴和紫瑤坐在公園內的長椅上，紫瑤忍不住仰望枝頭上火紅如炙的鳳凰花，耳聽著蟬聲噪鳴不止，童年回憶在腦海中浮現。

小學畢業那年，老師在記念冊上寫著：「五月艷陽天，鳳凰花滿樹。」老師解說鳳凰花語是「離別」，因為鳳凰花在每年五六月間盛開，是夏日熱情的引領者，又是一年一度畢業考試的象徵。看見鳳凰花開，意味著莘莘學子們就要畢業離開校園，也成了離別和依依不捨的象徵。

紫瑤靠在雨晴肩膀上，輕聲說出她和沈思明的一段情即將結束，也許見到鳳凰花開，便是離別的時候了！

雨晴細語安慰紫瑤，低聲說出她和鄭子健的關係，以及子健在加拿大受傷但有別的女子照顧的事宜。原來她們竟是同病相憐，互相傾訴時特別有共鳴。她們摯愛的人都是因為公司的調動而分隔兩地，男友又是遇到富家女的痴纏而令彼此成為陌路人。

離開花園，兩人走在夕陽斜照的街道上。

「生活可以是燦爛的，明天，一定要為自己設計生活，譜出生命悅耳的樂章。」紫瑤望著商店櫥窗擺放的美麗水晶球，晶瑩通透，感悟地對雨晴說。

「對。我們是良朋摯友，可以互相傾訴，互相扶持，積極面對人生。」雨晴笑著點頭。

返回家中，方雨晴憶起當年陪伴母親回鄉探望表姨也是在五月鳳凰花開時。

夏日的太陽猛烈而灼熱，剛剛成熟的稻子都被曬得垂下了頭。車窗外，樹木、農田、原野和成串金黃色的稻穗都飛馳著向後退。

雨晴偷偷看了媽媽一眼，只見她眉梢緊蹙，看起來疲倦而憔悴。

山路狹窄，車子帶起無數塵土，只一會兒，窗玻璃上就舖上了一層黃色的塵霧。透過這些塵霧，雨晴看到山坡上那一片青蔥的草原。

表姨的家在一個小鎮內，夏日裡天黑得晚，天邊晚霞瑰麗地鋪散在空中，靜靜地籠罩著一棟棟小木屋。山坡上，有人趕著晚歸的羊群慢慢地走下來。村舍屋頂炊煙慢慢升起，又是預備晚飯的時候了。

車子剛停下來，一個滿頭銀絲的老婦人快步走過來。

「蘭姐！好多年不見，你怎會瘦成這樣？」婦人聲音帶了哽咽與感慨。

雨晴站在一旁，看著母親和表姨互相握手，彼此眼睛裡都凝起了淚花。

表姨看見雨晴感慨地說：「雨晴長這麼大了，亭亭玉立啦！」

表姨比母親小幾歲，看起來身體非常硬朗。

一行人朝村落裡面走去，表姨的家是一個獨立的院子，院子不是很大，但打理得井然有序。客廳牆壁上，有一面牆掛了相框，照片裡大多數是表姨一雙兒女和他們小孩子的合影。雨晴發現照片牆右上方有一張泛黃的合照，兩個穿著碎花裙的少女手拉手坐在青草地上，迎著夕陽，露出燦爛的笑容。雨晴凝視著照片裡母親年輕的笑臉，這是她的媽媽，她在這個世界上最親最親的人。

表姨做了很豐富可口的農家菜，雨晴吃到津津有味。

送別時，表姨又忍不住掉眼淚，媽媽也抹著淚，她們都知道，也許這將是這輩子的最後一面了。生命就是這樣的一個過程，不斷遇見，不斷告別，重逢，再告別，直至終結。

今日天氣晴朗，夜空中一定會有星星，離去的人，並不會消失，而是會變成天上的星辰，亘古不變地陪伴守護著所愛的人。雨晴抬頭，從窗口望出去，月亮不知不覺已移到窗外這方天空，明亮、瑩白，清冷，靜靜地俯視著這蒼茫夜色，也俯視著世間的悲歡離合。

第五十四章 夢醒愛情然落空

沈媽媽和陳一帆很快就商量好了婚期，因為婚禮準備十分倉促，所以兩家人都不打算舉行盛大的婚宴，只是兩家人和至親友好坐在一起吃飯，在教堂舉行一個小型的結婚儀式就好。

在兩家人的安排下，沈思明和陳心兒的婚禮很快就被提上了日程。

盡管準備的倉促，但陳家果然是財大氣粗，該有的場面該有的程序，仍舊一個不少。

婚禮當天，陳心兒一個人穿著精美的婚紗坐在教堂的休息室內。濃妝艷抹的心兒，配戴數千萬的首飾。心兒嘴角含笑，因為她就要正式嫁給思明，一個讓她童年心儀的白馬王子。

另一個休息室裡，沈思明正對著鏡子打領帶，俊美到讓身為男人的造型師都無法轉移開眼睛。可惜的是，思明一直低垂著臉，沒有半點喜悅的表情。

個多月後，副總經理何志文拿著董事長陳一帆給予的囍餅，在公司四處走動，宣告這項喜訊。

袁紫瑤剛進入公司的大門，就看到一群同事圍在一起，竊竊私語在討論著什麼驚訝的事？

「總經理到美國深造不足兩個月，就和那個擦鞋王陳心兒結婚！」李俊朗悻悻然地說。

「那還用說，她是董事長的女兒呀！沈總經理剛離開公司到美國深造，陳心兒就辭職離開公司，原來他們是一起前往美國結婚。」王詠梨低聲說。

「說的有道理！」其他人一臉的恍然大悟。

紫瑤與下屬李俊朗和王詠梨點點頭，直接進入了自己的辦公室。

午飯時候，紫瑤感到很累，在辦公室的沙發上小睡片刻，很短的一覺，卻夢見了思明。

「我不想再見到你。」思明跟她說完後，轉身就走。

紫瑤立即驚醒，心裡很難受。

愛情最重要的是尊重、是信任、是誠實，她這短暫的一生裡，遇到過無數大大小小的不解之謎，她不明白，說愛她的人，對她許下一生之諾的人，怎會和別的女子結婚！

「你給了我那麼多好時光，像清風與暖陽，你讓我習慣並且依戀上這樣的溫柔，你說過的話怎可以不算。」紫瑤抱緊雙臂，她只顧流眼淚，灼熱的淚水滴在她臉頰上。

那些曾許下的諾言已化成飄逝的雲烟早已不見了！人有時候就是這麼無奈，你無法阻止自己走進別人的人生，哪怕是一道不經意的眼光，也無法阻止別人以習慣的方式看你，哪怕真相並非如此。過了今天，這世上還有多少人會想起她？多少故事會提到她？多少遺憾是因為缺了她？

根據公司的制度，員工離職需要提前一個月通知，紫瑤回到家，不想有任何拖延，打開電腦，給總監發了一封正式的辭呈，又打印出一張紙質版，簽字掃描，作為附件共同發出。

人事部回覆，辭呈收到，讓她週一到公司辦理正式手續。

留在那裡都好，紫瑤只想離開公司，進修的機會多的是，她想再充實自己。

人生得意失意都需盡歡，盡歡唯有酒也。

自從與陳心兒成為有名無實的夫妻後，沈思明愛上了這杯中物。

每天下課後，他都在酒吧流連，到午夜時候才拖著輕浮的腳步回到住宿的地方。

週二午飯後，教授身體抱恙要休息，授課提前結束，思明駕車返回家中。

當他拿起鑰匙預備開啟大門的時候，聽到門後客廳內傳來響亮的談話聲。

「你要和思明生個孩子來圈住他，如果你們之間有了骨肉相連的孩子，思明便不會想別的女人了。」沈媽媽高聲說。

「但他對我十分冷淡，結婚後，就算躺在床上，他也是背著我而睡。很多個晚上，他自己走去書房睡。」心兒悻悻然地說。

「那次在酒店我特意灌醉他，讓你有機會與他睡在一起，你們沒有發生關係嗎？」

「你告訴我不用做什麼，只是睡在他身旁就可以，你會有方法令他和我結婚的。」

「你錯失了好機會啦！」

「那晚他喝醉了，什麼反應都沒有，我如何和他發生關係呀！他是否和以前的女朋友仍然有來往呢？」

「那個女子一定不會再和思明有聯繫，因為我在你們來美國之前已經警告過她不要纏住思明，又將你們在酒店床上的合照通過手機傳給她，相信她一定知難而退。」沈媽媽肯定地說。

門被踢開，沈思明的臉先是一陣通紅，緊接著變得煞白，就在這一紅一白的交替間，他狂怒地說：「你們竟然用骯髒的手段來逼婚！」

心兒默默地看著思明，半天不敢說話。

「一切婚姻的基礎是真愛，而心兒你能夠打出來的牌都是假的，我要和你離婚。」

「你說什麼？你要跟我離婚？」心兒的身體如同篩糠一樣的哆嗦了起來，眼神的光彩慢慢褪去，幾乎是從牙縫擠出來的聲音。

沈媽媽充滿不安的眼神看著思明，她沒想到，計謀會以這樣的方式敗露，如果是別的方式會不會更好一點。就算是任何方式的結果，可能都是一樣的。此刻，她必須要控制場面，說服兒子要以大局為重，心兒的爸爸是公司董事長，離婚會影響思明在公司的職銜，也會對他的前途有障礙。

她還未開口說話，思明已經走出家門。

在思明心裡，那些和紫瑤的記憶，所有的一切都是清晰如昨。熟悉的味道，久違了！

自從與她分開後，他再也沒有心思去做任何事情，食慾不振，人也消瘦了！美食與愛，不可分割。

思明從口袋裡取出了手機，劃開，看到屏幕上他與紫瑤的合照，立即撥了一個電話給紫瑤，可惜多次都是電話未能接通，發送的短訊也沒有回覆。

第五十五章 婚姻的真諦

婚姻就好像是一艘在湖上行駛的船，能否順利到達彼岸，需要兩個人互相經營和互相配合的。在順利到達彼岸之前，兩個人能否愉快的經歷婚姻，就得看兩人如何相處。

沈思明選擇了與陳心兒同坐這艘小船，無論他們能否到達彼岸，袁紫瑤只好懷抱破碎的心靈，獨自背起行囊，浪跡天涯。在山脈的盡頭，海洋的方向，她願是貪看風景的旅客，用不著嘗遍每一站的刻骨銘心。

第二天，天還未亮，袁紫瑤召喚計程車往機場。

換了登機證後，距離登機還有點時間，她去買了一杯美式咖啡，握在手心裡，熱咖啡的溫度傳遞過來，冰涼的手心慢慢變得溫暖。

清晨的候機室，人還很少，從落地玻璃窗望出去，停機坪裡晨光微弱，還有暖黃的燈光照射著。

登上飛機後，紫瑤裹著毛毯，戴上眼罩，就睡了過去。她睡得很不踏實，迷迷糊糊地做了很多亂七八糟的夢。

約十三小時的航程，飛機抵達瑞士蘇黎世。

瑞士位於阿爾卑斯山脈間，境內如詩似畫的秀麗自然風景，那醉人的藍天雪山，碧綠湖泊，青蔥草地，木屋窗前燦爛的鮮花，確令人悠然神往！

翌日，紫瑤乘火車前往琉森，一個建築在森林與湖泊中的小城。高山、湖泊及著名的水塔花橋，配合湖邊別具特色的房舍，棲息於湖中的白天鵝及水鳥，為這個古老城市增添一份優雅風味及無限生機。

離開琉森，她又乘火車前往盧達本納，約半小時車程，抵達這個如世外桃源般美麗的山間小鎮，恬靜的尖頂木屋村莊，散佈著牛群的青草坡，山谷兩旁瀑布處處的懸崖峭壁，四周連綿不絕的雄偉雪峰，構成一幅令人感動的風景畫。

五月的陽光下，童話色彩般的鄉村，一切美得像夢境。高山小鎮上，一幢年代極為久遠的古堡，夕陽下，寂靜的山谷，宛如一幅色彩斑斕意境悠遠的油畫。

高山小鎮裡沒有城市的霓虹閃爍，唯有星光靜靜俯視著夜色，星光從窗口傾瀉而下，古堡裡生了壁爐，熊熊的火苗跳躍著，無比溫暖。

半個多月的旅程，紫瑤感到身心舒暢。她收拾好行囊，踏上歸途。

堅強是生命的諾言，紫瑤決定重返香江，繼續去走自己人生的道路。

「從今以後，我再也不想見到你。」思明對媽媽狂怒地說。

在婚姻上，思明痛恨自己成了母親計謀下的小丑，不僅傷害了自己摯愛的未婚妻紫瑤，又和另外一個沒有關係的女子陳心兒扯上了關係，所以，他決定結束深造課程，離開美國。

袁紫瑤一出電梯，看見自己家門前，半躺半坐地窩著一個男人，醉得跟爛泥一樣。聽到腳步聲，那人勉強扶牆站了起來。

「思明？」紫瑤嚇了一跳。見他一身酒氣，身子搖搖晃晃，連忙將他扶住。

「紫瑤呢？她回家了嗎？我要跟她解釋！」他的舌頭直打結，吐字含含糊糊，眼皮下垂，半睡不醒的樣子。接下去他自言自語地說了一堆話，紫瑤一個字也沒有聽清楚。

「你先進來喝杯茶解解酒，遲些我叫計程車送你回家。」紫瑤掏出鑰匙打開門。

「家？我哪裡有家？紫瑤都不要我了！回家有什麼意思。」本來俊俏的男子漢，在紫瑤面前嗚嗚地哭了起來。

紫瑤欲哭無淚，將思明扶進屋裡，見他醉得根本站不住腳，只好將他扶到客廳的梳化前，讓他躺下。

「你先休息一會兒，我去泡杯濃茶。」紫瑤入廚房泡了一壺大紅袍。

當她端著茶正要遞給思明，卻見他雙目緊閉，已經沉沉地睡了過去，推了半天推不動。

次日清晨，紫瑤醒來，聽見窗外陽台上傳來鳥兒的叫聲。她睜眼一看，透過薄薄的窗紗，欄杆上站著一隻翠綠色的小鳥，「吱吱吱」地叫個不停。像在提醒她，客廳內還有一個人在躺著呢！

紫瑤穿好衣服，走出客廳，看見沙發上睡著的思明，腿太長沒地方擱置，緊緊地蜷曲成一團，蝦米一樣彎著。腦袋也沒處放，幾乎垂到了地面。

紫瑤輕手輕腳走近沙發前，蹲在地上將思明的頭捧到自己膝蓋上，隨手拿了個枕頭想給他墊上。不料思明忽然醒了，睜開眼看見自己的臉正好枕在紫瑤的腿上，連忙坐起身來。

「我怎麼會在這裡？」昨天晚上發生了什麼事他已經不記得了。

「是你喝醉了，半躺半坐在我家門前，怎樣也叫不醒你！未能送你回家，只好讓你在這裡留宿。」紫瑤苦笑著。

「我聯絡不到你，電話無人接聽，短訊又不回覆，我要向你解釋呀！」思明整個人都醒了。

「是你要和陳心兒結婚，是你不要我的。」紫瑤語氣放得那樣平淡，可心裡忽然像是被人用什麼尖銳的東西刺了一下，產生疼痛的感覺。

「是媽媽用骯髒的手段來逼婚！她來酒店藉詞和我吃飯，用酒灌醉我，又讓陳心兒躺在我的床上，令我誤以為和她發生了關係，負責任要和她結婚。」思明憤恨地說。

「我和心兒在一起是互相煎熬，一段婚姻最重要是選對了人，我想長相廝守的人是你。」思明深情地望著紫瑤。

「後來我發現當晚喝醉與陳心兒一起躺在床上，並沒有發生任何關係，我與媽媽爭吵並立即離開家門。我與她只是有名無實的夫妻，我要與她早點離婚，尋找真正屬於自己的幸福和快樂！」

「董事長沒給你什麼？我不相信。」

「要說多少遍你才能相信，我恨他，他給我月亮，給我星星，給我整個銀河系，我也不會做他的女婿。」思明忍不住吼叫。

「你現在仍然是他的東床快婿呀！」紫瑤笑著說。

沈思明坐到桌前，揭開碟子上的蓋子，一盤紅酒燉牛尾，一盤酪梨鮮蝦沙拉，都是他喜歡吃的，旁邊放著一瓶紅酒，下面壓了一張紙條，寫道：「你可以借這瓶酒澆愁。」是紫瑤的字跡。

思明掏出手機給紫瑤發了一條短訊：「謝謝你的紅酒。」

過了片刻，她回了一條：「今後你打算做什麼？」

他回了三個字：「陪伴你！」

手機立即響起來，傳來紫瑤氣急敗壞的聲音：「你堂堂一位大學經濟學碩士，食品公司的總經理，竟然閒坐家中，無所事事！」

第五十六章 生命的四季

愛一個人的心是藏不住的，從洪偉文望著方雨晴的眼神便一切皆知。

可惜的是雨晴看不見，因為她心中始終惦記著青梅竹馬的摯愛鄭子健，雖然兩人異地相隔，少有聯繫，而且中間又有一個女子伴在子健身旁。在雨晴眼中，偉文是志趣相投的摯友，是良朋，是可以傾訴心聲的好哥哥。

自從與鄭子健分開後，雨晴臉上的疲憊與心情鬱悶，偉文看在眼裡，但他也不知道能為她做些什麼？

每次雨晴工作壓力大，心情欠佳時，偉文會帶她去爬山。見到她在陽光下，大汗淋漓，暢快地喝水，朗聲說話，偉文知道雨晴心中積鬱的情緒會慢慢消散。

喜歡一個人的心是怎樣的呢？就是哪怕不能擁有她，但能常相見，能聽到她的聲音，能與她一起吃飯，一起爬山，偉文心裡已經足夠歡喜了。

多年前，洪偉文和方雨晴結拜成為誼兄妹，大家志趣相投，惺惺相惜，希望進一步成為親如兄妹的關係，互相照顧。

週末，洪偉文相約方雨晴和鄭彩雲前往位於大欖郊野公園內的荃錦營地露營，一起吃喝玩樂，觀賞大自然美景。

寧靜的深夜，星空璀璨，閃爍的星星在向他們眨著眼睛。

「那是小熊星座，那是北斗七星，那是天蝎星座。」偉文仰起頭認真而耐心地指著夜空裡一顆顆遙遠的星辰，輕聲地告訴雨晴和彩雲。

「我們這位社工姐姐，是為迷途的小羔羊指示前行方向的北斗星呀！」彩雲指著雨晴說。

方雨晴記起當年自己接手跟進問題少年張樂文的個案時，樂文因為吸毒與傷人被捕，雨晴找不到張樂文的父親，只好自己前往警署。在警署遇到代表學校到警署的洪偉文老師，因為問題學生李旭也是吸毒與傷人被捕，學校也未能聯絡到李旭的父母。

「吸毒與傷人是嚴重案件，不能保釋。」警方發出通知，雨晴和偉文無奈離開。

兩人靜默地走在街燈暗淡的窄巷中，夜幕降臨，夜空如深藍色的絲絨盒子，繁星如璀璨鑽石，閃耀的銀河從頭頂流淌而過，天空那麼近，彷彿伸手便可摘星辰。

「如何能讓迷途羔羊踏上正途？讓他們摘星不做俘虜！」雨晴輕輕嘆息。

「父母對子女的關懷愛護和溝通諒解，可以溫暖冰冷的少年心。」偉文無限感慨。

看見雨晴默默地沉思，偉文輕輕拍著她的肩膀。

「你在想什麼？」彩雲柔聲地問。

「最近遇見一位曾經是問題少年，如今已是勤奮上進的青年，心中感到欣喜。」雨晴笑著說。

「是誰？」偉文好奇地問。

「張樂文。」

「真湊巧！我也遇見昔日的問題學生李旭，他現在是一名警長。」

「說一些有關你們遇見兩位青少年的成長故事吧！。」彩雲興致勃勃地說。

張樂文是報館社會新聞版的實習記者，跟一位資深的記者做助理，這位前輩平易近人，把他看作自己的徒弟一般，言傳身教，有問必答。

樂文的父親是建築工人，在地盤工作，每天都要攀爬竹棚及長期在高空工作，在一次工業意外中離世。窮家孩子，他十分節儉，每月工資都交給母親，作房租的費用。他喜歡攝影，老師送給他兩隻昂貴的鏡頭，又帶他參加攝影俱樂部，慢慢擴大社交的圈子。做記者要採訪不同的人物，衣著要光鮮，母親為他添置了幾套衣服，他也捨不得穿，掛在衣櫃裡。

母親說他每天背著相機興致勃勃地出門上班，回到家中眉飛色舞地講述採訪的趣聞，忙起來加班趕稿到半夜。社會新聞記者需要有很強的分析能力和寫作能力，他不斷進修，增值自己，他非常喜歡這個職業，珍惜這個機會，天天都在進步。

「樂文還告訴我他如何結識到女朋友的經過。」雨晴笑著說。

「他為什麼要告訴你呢？」彩雲急切地問。

「因為要我幫忙將他女朋友輕度弱智的妹妹轉介到弱能人士庇護工場去工作。」

「快告訴我們詳詳細細的故事呀！」

映雪和母親及妹妹映月住在一間二百多平方尺的公屋內，父親早逝，母親含辛茹苦把她們倆姊妹撫養成人。

妹妹映月年幼時發高燒，變成輕度弱智，兼具暴力傾向。中學畢業後，映雪找了一份文書工作，她將大部份薪金交給母親作家用，自己省吃儉用。

「你不喜歡我嗎？」樂文問。

「不是呀！」映雪答。

「那你為什麼老是避開我？」

「我和你是兩個世界的人，我還要照顧母親和妹妹。」

「你對我沒有信心？還是你對自己沒有信心？」

正如樂文所言，映雪對自己一點信心也沒有，她要照顧癡呆兼有暴力傾向的妹妹，她不想將煩惱交給別人，也不願找一個人作依賴，她不需要別人的支持，她習慣了孤獨，習慣了自己解決問題。

有一天，映雪在辦公室接獲母親的電話：「雪，快回來，你妹妹不肯吃藥，狂性大發，她拿起小刀亂揮……」母親說完這句話後掛線。

映雪急忙向經理告假趕回家。

「你一個人回去很危險的，不如我陪你走一趟。」樂文放下手上的文件。

「不用了。」映雪轉身便走。

「還是讓我陪你吧！」樂文追著她走出辦公大樓。

「好吧！」映雪歸心似箭，不願再拒絕。

在鐵閘外看見映月拿著刀子，母親喊聲震天，左鄰右里卻關上門，裝作聽不見。

「放下刀子。」映雪打開鐵閘大聲嚷叫。

映月揮刀亂舞，混亂中，樂文衝前搶過映月的刀子，拋在地上。

「快拿繩子來。」映雪將繩子交給張樂文。

樂文將映月的手和腳綁著，映雪看見散在地上的藥丸，她俯身拾起，用紙巾逐粒抹乾淨，逼映月和水吞服。

「對不起……麻煩你……」映雪覺得尷尬非常。

「你妹妹有暴力傾向，要看心理醫生的，我介紹一個給你吧！」樂文熱心地說。

「今次幸得張生幫忙……」母親轉過頭來對映雪問：「他是你男朋友嗎？」

「我們是在報館工作的同事。」映雪沉默。

「張生人品不錯，你們可以先交個朋友，易求無價寶，難得有情郎，幸福是要自己爭取的，你不要錯失機會呀！」母親面露滿意的笑容。

「你不要拒人於千里好嗎？給我一次機會吧！」樂文走近映雪身旁問。

張樂文找社工方雨晴幫忙映月，將她轉介到弱能人士的庇護工場去工作，映月變得開朗多了。映雪放下這個重担，輕鬆地和樂文踏上人生另一個旅程。

「你那個警長學生的故事又如何呀！」彩雲意猶未盡地望著偉文。

她來了，短裙低胸衫，眼皮塗得紫藍，嘴唇劃上鮮紅，腳蹬一對尖頭高跟鞋，急速趕上一輛駛往旺角的小巴。

沙展李坐在小巴內閉目養神，被一股濃濃的香水夾雜著汗臭味吹進鼻孔，立刻打了一個噴嚏。他張開雙眼，坐在他左側的新潮女子正杏眼圓睜，向他投來極不友善的目光。

小巴轉入彌敦道，那女子拿起手機說過不停，說她的客人，說她的姊妹，說了很多鄙俗的術語。全車的人包括司機和沙展李都在洗耳恭聽，全車廂的空氣好似凝固了！只有那女子的說話聲夾雜著陰惻惻的笑聲。

沙展李抬頭斜視她一眼，心中猜想此女子的生涯。她才不過十八九歲的樣子，滿口污語粗言，旁若無人的舉止令人側目。她是失蹤少女？被逼為娼？誤墮火坑？還是貪慕虛榮，自甘墮落！

女子在旺角的轉角街口下車，隨即登上那半明半暗的紅色樓梯。沙展李看見一個亮著迷惑詭祕且富有挑戰名字的霓虹招牌，此處色情架步林立，一進入架步，又是另外一個世界，在那兒有麻木不仁的少女，也有失足追悔的女孩。

女子下車後，人們開始議論紛紛，各抒己見。

「真是世風日下，這年代的女孩竟不知羞恥！」

「年青人不知自愛，淪落風塵。」

沙展李想起那通往架步的紅紅綠綠梯級，心想那女子掙來的是血汗錢？或是骯髒錢？她值得同情嗎？

一次行動中，沙展李帶領一隊穿制服的警員到旺角區色情架步掃黃。妓女東奔西跑，嫖客落荒而逃，其中一個妓女來不及穿衣服，赤裸裸地爬出簷篷外。

街上行人熙來攘往，妓女驚惶失足跌下，落在小食店門前。

男店員對她投來奇異貪婪的目光，女店主拿來掃帚，要將這大型污垢物掃走。

沙展李將外衣披在那女子身上，將她帶上警車。細看之下，驚愕地發現她竟是那天在小巴上遇見的新潮女子。

「是學生告訴你他的親身經歷？還是你從報章看到的記載？」彩雲疑惑地問偉文。

「昔日在學校亂攪男女關係的少年，如今竟變成掃黃警長，世事真是難料！」偉文無限感慨。

第五十七章 尋回舊日記憶

好多年過去了，一切卻恍如昨日。

鄭彩雲的父母早年離世，她與兩位哥哥由外婆照顧長大，大家感情非常好。適逢外婆八十歲生辰，兄妹三人預備為她設宴祝壽。

外婆梁美玉的祖父由廣東梅州市遷往雷公田村居住，多年來，雖然大部份親人都長居外國，但外婆始終喜歡鄉村人情味濃厚，左鄰右舍守望相助，所以，她不願意遷離自己出生成長的雷公田村。

客家人講究意頭，盆菜也有著寓意，圍坐一起，象徵合家團圓，滿堂吉慶，盆菜食材豐富，預示豐衣足食。

大哥鄭子健特地從加拿大回港，與弟弟鄭子傑和妹妹鄭彩雲一起為外婆在雷公田村內廣場上，擺設盆菜壽宴，宴請親朋好友，方雨晴和洪偉文也被邀請赴宴。食材豐富的盆菜有盤滿缽滿的意思，更滿載祝福。

盆菜宴上，香味撲鼻的食物固然引人垂涎，但令人難忘的還有村內的濃厚人情味。慶祝外婆的八十歲生辰，賓客熱情，有久別重逢的親友互相訴說近況，亦有每天相見的鄰居閒話家常。

「美玉呀！你真有福，外孫能幹又孝順你。」同桌一位老婆婆笑呵呵地說。

「這位是子健的女朋友嗎？」老婆婆忽然指著雨晴問。

「年青人有他們的世界。」外婆將一隻鮑魚放進老婆婆的碗內。

宴會在歡樂的氣氛中結束。

「時間尚早，我們在黃昏時分逛逛石崗軍營外的木棉花道吧！」彩雲提議著。

「我明天要上早班，你們去逛吧！」子傑要回去準備一些醫學報告。

木棉花又名「英雄樹」，花期通常在三至五月間。

隆冬過後，春天的腳步漸漸走近，木綿樹上掛滿紅艷艷的花朵。初夏來臨，花朵凋謝，滿樹的果子裂開，一片片白色的棉絮隨風飄散。

彩雲、雨晴、子健和偉文一行四人走在木棉花道上，一片豔紅花海已呈現眼前。

「那粗壯的老樹皮多偉大，畢生盡忠看守著樹身，到衰老僵化後，又甘願龜裂剝落，把陽光空氣讓給嫩綠新生的樹皮。」偉文忽然感嘆著。

「是那新生的樹皮勇敢才對，它們默默地汲取營養，到發育強壯，毫無畏懼地衝開束縛它們的老樹皮，讓翠綠的生命迎向陽光。」彩雲理直氣壯地說。

「是老樹皮偉大？還是嫩樹皮勇敢？」彩雲轉個頭來問雨晴。

「清熱解毒的五花茶中，木棉花也佔一席位呢！」子健低頭望向雨晴。

「柔軟舒適的棉絮枕頭內，混合了媽媽無盡的愛心！」雨晴幽幽地說。

望著雨晴纖瘦的身影，子健心裡泛起憐愛之情。

始終無悔，這一場相遇，因為有你，才有那麼多的真情實感，在思念的渴望裡生出一縷縷柔情。那年、那月、那天，是一場永不凋零的花開。凡塵俗世，茫茫人海，因為有你，走過的歲月沒有滄桑。傾盡我所有的真誠，換取一場與你最美的相遇，所有的歲月都充滿相依的暖。四季輪迴的花開花落裡，始終笑語嫣然，過盡千帆的浮光掠影裡，始終有一份無言的溫婉！

夢裡夢外，總會有人在流年裡憂傷地等待，總會有人在時光裡望穿了秋水。

五年過去了，那個承諾子健一直沒忘。自從雨晴再次走進子健的生活裡，他覺得自己像是患了人格分裂，心裡住了兩個人，一個想將她往外推，一個拚命想要靠近，這兩個自己，每天都要打一架。原來，喜歡一個人的心，怎麼克制都毫無辦法。

鄭彩雲心中始終有一個疑問，為何大哥和雨晴的關係會變得如此疏遠？她希望雨晴會是自己的大嫂，現在見到兩人之間保持拒離而不親近，一個是自己至親的大哥，一個是自己的好朋友，心中感到難過。

子健留港一星期，彩雲決定和偉文商議，邀約雨晴和大哥一起前往甲龍郊遊徑，到甲龍石澗尋幽訪勝，希望可以尋回昔日歡樂的記憶。

「甲龍石澗」位於雷公田及甲龍郊遊徑中，石澗時而幽暗，時而開揚，令人有探祕和驚喜萬分的感覺。瀑布連接水潭，水流急速，頗有驚奇之勢。

「大哥離港多年，對石澗的路徑可能生疏了，由偉文帶隊吧！」彩雲笑著說。

洪偉文帶領同伴沿雷公田引水道前往甲龍林徑的入口處，進入石澗後，澗床舖滿大大小小的石塊，可以不涉水而在石上游走。

沿著澗道向上走會經過甲龍村的橋樑和村屋，之後澗道隱藏林蔭中。

走十多分鐘後，他們去到甲龍石澗第一大潭，水深過腰，旁邊有又大又平坦的岩石可供歇息。潭邊瀑布流水泊泊，風景優美，置身山谷之間，靜聽流水淙淙，看那水波映照陽光，令人忘卻凡塵俗事，心境變得平和愉悅。

他們繼續向前走，澗道地勢變得陡峭，瀑布一個接一個，每個瀑布形態各異，另有一番清幽雅致。當到達第二個大潭時，潭頂明顯是左右分源，左邊就是甲龍左澗，右邊是主源。沿主源上溯便進入林蔭區域，澗道兩旁樹木參天。

前有直角灣，灣下有一水池，池後是一個潭瀑，澗道滿佈藤蔓。

雨晴一不小心，被藤蔓絆倒，跌坐在地上，子健急速從後將她扶起。

雨晴努力站起來，步履緩慢地繼續向前行。

忽然，雨晴的身體被騰空抱起。

她呆住，仰頭愣愣地看著子健。

子健輕聲說：「摟住我脖子」便邁步往前走。

雨晴猷猷地伸出手，緩緩勾住子健的脖子。

他緊了緊手臂，她的臉便貼上了他的胸膛。

一片紅暈立即蔓延上雨晴的臉龐，她動了動，將整張臉都埋到子健的懷裡，生怕被他發現了她紅透的面孔。

子健抱著雨晴，一步一步，走得緩慢卻穩重。雨晴聽著子健平緩的心跳聲，她聽到自己劇烈的心跳聲，彷彿要從胸膛裡跳出來。悸動過後，子健帶給她的，最最震撼的，是溫暖。從子健身上傳遞到她身上的溫度，令她溫暖得想哭。

大水潭後有階級狀瀑布，彷如人工園景一樣，左邊山坡就可以見到甲龍古道。出山澗後回到古道繼續行走，沿甲龍郊遊徑下山，回到引水道，不遠處就是雷公田的農場小店。

「我可以自己行走了！」雨晴輕聲向子健說。

「我們到農場小店稍事休息，品嚐農場鮮奶和墩奶。」彩雲上前輕扶著雨晴。

「還可以選擇五香肉丁麵、茶葉蛋、薑汁撞奶、牛奶糖和鳥結糖。」偉文詳盡地介紹著。

「我要吃五香肉丁麵、茶葉蛋和薑汁撞奶。」彩雲食指大動。

「面對美食，饞嘴貓兒又垂涎三尺啦！」雨晴笑到合不攏嘴。

「遠足後吃特別感到滋味無窮！」子健慢慢品嚐手中的墩奶。

「大哥很快就要返回加拿大，我們不知何時再有機會一起遊山玩水？」彩雲感嘆著。

「有緣始終能相聚！」子健若有所思地說。

「機會是自己去找尋，時間也是自己去安排的。」偉文望向雨晴說。

「是的。如果你們到加拿大旅遊，要通知我呀！」子健微笑著說。

吃飽後，大家坐在店前看著夕陽慢慢落下。

「讓我送你回家吧！」子健柔情地望向雨晴說。

「不用了！我自己懂得回家的路，你離港多年，或許會迷路！」雨晴輕聲地說。

第五十八章 深秋夢醒時

金風送爽，秋意漸濃，方雨晴再次踏足楓葉之國，參與表哥程思俊的婚禮。

飛機降落加拿大多倫多後，雨晴跟隨人潮走出機場海關，表哥程思俊正駕車前來迎接。

「你和表嫂是怎樣認識的？」雨晴倚著車窗，探頭過去向坐在駕駛位置的表哥好奇地笑著問。

「那年我陪你到學院去辦理入學手續時，見到一位女學生險些被向前奔走的男子推倒，便上前扶住她。後來，我們在同一間公司工作，談話間，雙方都勾起這回憶片段！」

「原來你是英雄救美，她是芳心暗許。緣份真是上天註定的，我也算是半個牽引紅線的人呀？」

見到表哥容光煥發，雨晴為他感到欣喜。

「肩膀結實，為人穩重，可以負起養妻活兒的責任了！」雨晴輕拍著思俊的肩膀，呵呵大笑。

汽車駛進寧靜的小鎮上，再轉入一片翠綠大草坪，兩旁種植顏色鮮艷花朵的庭園內，在一幢兩層高的樓房前停下來。舅父和舅母笑著走出門外，親切而誠摯的把手放在雨晴的肩上。

「多年沒有見到你了！雨晴完全是個漂亮的女孩。」舅母輕拍著雨晴的肩膀說。

雨晴進入客廳內，在一張藤椅上坐下來。

表哥幫雨晴將行李安放好在二樓的客房內，舅母從廚房拿來食物，泡上濃茶。

雨晴端起茶杯，杯子裡澄清的水，飄浮著幾片翠綠翠綠的茶葉，映得整杯水都碧澄澄的。雨晴喝完了茶，滿口清香，精神都為之一爽。

「這些年來，你的生活近況如何？」

「每天上班下班，規律化的生活。」

婚禮在莊嚴又溫馨的氣氛中完成，一對新人在家人和親朋好友的祝福聲中，在雙方父母的見證下，互相交換結婚戒指，許下無論是順境或是逆境、富有或貧窮、健康或疾病，將永遠彼此相愛，珍惜直到地老天長。

「雨晴會多住幾天嗎？」舅父舅母熱情地說。

「表妹來我們家住吧！我們可以陪伴她到溫哥華附近遊玩，順道探訪她的好朋友鄭子健。」表姐程思嘉和表姐夫董浩輝異口同聲地說。

「那個許美儀對子健有意，但我知道子健愛的是你呀！」表姐安慰雨晴。

「這麼多年來，他為什麼不與我聯繫！」雨晴低訴心聲。

表姐夫董浩輝說出當年瑞士公幹回來，子健為了救美儀被汽車撞倒受重傷，心臟受損。住院多月，接受各種手術治療，龐大的醫藥費都是美儀父親支付的。子健不希望雨晴為他的健康而操心，也不想她兩地奔波去照顧他，所以子健沒有告訴雨晴真相，只希望時間可以沖淡一切，雨晴可以找到真正的幸福。

「可是，美儀喜歡子健，努力想要跟子健親近，子健只將她視作工作上的好夥伴，就如親兄妹一樣，子健深愛的始終是你呀！」表姐夫柔聲地說。

自從與雨晴分開後，子健一直拚命忙碌地工作，用工作來麻醉自己。

時間流轉得很快，四季更換，好像眨眼之間，便換了一季。窗外梧桐樹的葉子都黃了，涼風乍起，不知不覺，又一個深秋來臨。

那天，手上負責的重要工作正好告一段落，子健決定回家休養一陣。回家途中，他忽然暈倒在街上，路人打緊急電話召救護車，將子健送往醫院。

深夜的醫院，極靜。

子健睡得並不踏實，他在做夢。他從床上坐起來，迷濛的眼眸中，是一片茫然若失。

當子健躺在手術台上，因麻醉而進入昏睡的最後一刻，他告訴自己，如果能夠再次睜開眼，他就去找雨晴，他再也不會推開她。因為雨晴曾經說過：人生如此短暫，這個世界上每一天都有意外在發生，如果彼此相愛，就不應當把歲月都用來錯過。

方雨晴坐在椅上，神色十分焦慮，臉色蒼白，黑眼圈濃重。昨晚，她聽到主診醫生說，這場手術比較複雜，風險相對比較大時，她的心就一直提著，一晚上都沒有睡。

坐在她旁邊的許美儀也同樣臉色很不好，一樣是徹夜未眠，她雙手交握著，眼睛盯著手術室上方的燈。

美儀伸手握住雨晴的手，兩個人看對方一眼，都在彼此的眼睛裡看見擔憂與忐忑不安。

可此時此刻，除了祈禱與等待，她們別無可做。

幾個小時後，手術室的門打開，主診醫生走出來，他摘除口罩，取掉眼罩，伸手擦去額角的汗。

「沒事了。」醫生說著。這場手術真的耗盡他巨大的心力，還好，結果是好的。

等在外面的兩個女人長長地舒了一口氣，抱著對方哭了起來。

護士將昏睡中的子健推出來，從兩人身邊經過時，美儀沒有像雨晴那樣撲過去，而是悄悄退後兩三步，淚眼模糊地看著子健從自己身邊遠去。

美儀曾經向上天許諾，只要子健平安無事，她不再對他言愛，不再糾纏靠近他。

手術後二十四小時內，雨晴在忐忑焦慮中終於熬過去。

醫生為子健再做了一個全面檢查，萬幸他平安渡過了危險期，只是人還是沒有醒過來。

「你睡在這裡一天又一天，你看，窗外的樹葉都落完了，冬天就要來臨，你為什麼還是不肯醒來？求你快點醒來，好不好？我有很多話想對你說呢！」雨晴在子健床沿低聲飲泣。

無數個深夜，雨晴做夢都夢見子健醒過來了，喊她的名字，可睜開眼，滿室的寂靜裡，只有儀器的聲音與他均勻的呼吸聲。

「你一定捨不得留我一人，獨自與這冰冷孤獨的世界抗衡，對不對？我堅信，你不會。」

「他醒了！」護士剛說了一句，雨晴飛快地奔向病房，心臟都快要飛出胸膛了一般，她快樂的腳步都要飛起來了。

雨晴推開病房的門，裡面的醫生和護士圍住了病床，見到她，笑著拍拍她的肩膀，說句「祝賀」便都走了出去。

她靜靜地站在那裡，望著床上睜開眼睛的那個人，視線變得越來越模糊。

「雨晴」微弱遲疑的聲音傳來，她只顧流眼淚，久久不知應答。

他看著站在門口的她，以為自己在做夢，好像是漫長的夢境裡，無數次看見她，也許又是一個夢吧！他閉了閉眼，再睜開，那個日思夜念的身影還在，而且，那身影忽然以極快的速度朝他奔過來，俯身將他抱住，灼熱的淚水滴在他臉頰上。真的是她，不是做夢。

子健長嘆了口氣，緩慢地抬起顯得有點僵硬的手臂，抱住雨晴，心中冒出一朵又一朵歡喜的花。

「這個世界上能帶給我利益的女人有很多，而能帶給我快樂的唯有你。」

「謝謝你醒過來，沒有拋下我。」

「這世間，再也不會有一個人，讓我像愛你一樣去愛她，再也沒有了！」

花非花，夢非夢，柳暗花明又一程，你依然是我生命裡最暖的一線陽光。

久別，重逢在最深的紅塵，只想，與你靜看陌上花開，願隔了千山萬水，穿過天涯海角，傾聽你如約而至的呼喚。

靜靜聆聽，時光潺潺，總有一種珍藏，即使隔了經年的柵欄，自始至終，我就知道，你一直在等我，等我與你一起踏水而歌。無論時光如何流轉，總有一些念，不會辜負歲月。

雨晴忽然抱住子健的腰，臉埋在他懷裡，她的聲音低低地傳來，語調帶了點哀傷。她從他身上退開一點點，摟著他的脖子，仰頭凝視他的眼睛，兩人的臉龐挨得極近。

子健心一動，就要吻下去，雨晴卻忽然伸手攔住他，輕輕晃了晃手腕。他將她的手腕握在自己的手心裡，他輕吻上她的嘴唇。

第五十九章 紅葉秋山情意濃

鄭子健住在醫院裡，方雨晴每天都來他身邊鼓勵與陪伴。

「醫生說我恢復得比預算中的還要好，明天可以出院了！」子健張開雙臂，將雨晴整個人擁抱住。

原來，愛才是最好的陽光，是最對症的心藥。

早上，醫院門口還很冷清，董浩輝握住方向盤，正準備轉彎將車駛進醫院裡。車廂內，程思嘉和方雨晴正閉目養神。

三人下車後，乘坐電梯到五樓住院部。雨晴急步走向病房門前，抬起手推開房門。

子健端坐在床沿上，一個細小的行李袋放在身旁。

汽車在公路上疾馳著，董浩輝緊握方向盤，從倒後鏡望向後座的方雨晴和鄭子健，兩人甜笑互望，雙手緊握著。他再從眼角邊看了坐在身旁的妻子一眼，思嘉正向他送上一個會心的微笑。

浩輝將車子駛進一片翠綠大草坪，在獨立洋房前停下來。子健領著三人預備進入屋內，一隻可愛的鬆毛犬從屋內跑出來。

子健微笑著向牠招手，但小狗卻歡欣地飛奔到雨晴身旁，連他的召喚都置之不理。

「看來翠絲認錯主人了！」子健無奈地笑。

「牠懂事呀！知道要歡迎遠方來的朋友。」雨晴輕輕拍著小狗的頭。

子健心裡想著：原來小狗是聞到了熟悉的氣味，就像過去雨晴來了，牠就從屋子裡飛奔出去迎接她。分別這麼多年，牠竟然還記得她，那樣歡欣地朝她奔去。這隻狗念舊，同他一樣。

「雨晴就是子健的貼身看護，要好好照顧我的表弟呀！」浩輝笑著說。

「我將表妹交給你，要珍惜愛護她。」思嘉拍拍子健的肩膀。

浩輝和思嘉離開後，小狗翠絲走進書房裡，雨晴跟隨牠進入子健的微型圖書館。

四面都是到頂的原木書櫃，書房中間是一張超級大的木頭書桌，角落裡有墨綠色大梳化，地板上鋪著柔軟的地毯，書櫃裡、桌子上，到處都是書。雨晴拿起一部微型小說來看，發現竟是自己多年前創作的書，心裡浮現絲絲惆悵。

翠絲靜靜地趴在雨晴身旁，雨晴輕拍著翠絲的頭喃喃自語，小狗吐著舌頭望向她，好像明白女主人的心聲。

「女兒啊！看來你這輩子只能找一個會煮飯的老公嘍！把你的胃抓得牢牢的你就不會跑了。」雨晴腦海裡忽然浮現起媽媽的叮嚀。

「我是烹飪白痴，將來怎樣為你烹調美味佳餚？」雨晴向子健苦笑著。

「我會。」

「你真的會？」雨晴驚訝了。

「我們去超市買菜做飯，你想吃什麼？」

「你什麼菜都會做？」

「會。」子健毫不猶豫地點頭。

他們買了滿滿一購物車的菜和水果。

回到家，子健休息了一會兒，就進入廚房預備午餐。

「需要幫忙嗎？我不會做菜，但洗菜是沒有問題的。」

「不用，你等著吃吧！」子健專注地處理手中的魚。

雨晴走開了，過了一會兒，她又走進廚房：「累不累？你站很久了！」她見子健額上都出了汗。

「沒事。」子健轉個頭來說。

雨晴倚在廚房門邊沒有離開，靜靜地望著他忙碌的背影，切菜的動作很熟練。

「你在看什麼？」子健轉身遇見雨晴凝望的眼神。

「看你。我想偷師。」

子健吃飯很慢，吃的也不多，桌上三餸一湯，大部分都進了雨晴的胃。她喝下最後一口湯，眯著眼坐在椅子上，滿足得好像一隻吃飽了的貓咪。

「吃飽喝足真幸福！你剛出院，又在廚房裡忙了那麼久，快去休息一會，我來洗碗。」雨晴微笑望著子健。

「茫茫人海走到一起是緣份，珍惜當下，珍惜眼前，珍惜有你陪我的這一程。」子健含情脈脈望著雨晴。

子健向公司請了大假，和雨晴一起前往有「小瑞士」之稱的班芙鎮，追尋那紅葉片片的情懷。

翌日，他們在溫哥華機場乘機往加技利。走出機場，迎面吹來乾燥涼風。

兩人乘坐旅遊專車從機場到市區，車窗外盡是廣闊的草原和牧場，遠處還能看到洛磯山脈一座座山峰和山頂的積雪。

旅遊車在山林間的公路上行駛，從車窗向前望，一座座山峰迎面而來，車到山前又轉彎向另一座山峰駛去，路兩旁是漫山遍野的美國杉木和加拿大落葉松。中秋過後，楓葉轉紅，翠綠的松柏加上黃葉小樹，交織成一幅紅黃綠的迷人卷畫。

漫山紅葉飛舞，楓葉從橘橙到淺紅，從淺紅到火紅，是誰在驅動著葉色的蛻變，讓楓葉傾訴它由平淡到絢麗的故事？是誰在轉動著時光的年輪？讓四季展現春生、夏長、秋收、冬藏的規律？

最美的秋季，路旁種植了高大的銀杏樹，葉子都黃了，落了一地，特別美。雨晴喜歡聽鞋子踩在樹葉上發出的窸窸窣窣的細微聲響，那是屬於秋天的聲音，她最喜歡的季節。

他們來到了露易斯湖邊，湖畔的遊人很多，站在湖畔的块木平台向露易斯湖望去，湖水由淺藍、灰藍、湛藍轉到鑽藍、深藍、銀藍，湖水似乎不斷地變換它的藍色。

「露易斯湖所以美麗，其中一點就是湖水會隨著山中的風雲變幻而變色，每當晴空萬里陽光普照時，湖水像天空一樣一片蔚藍，而當雲霧瀰漫煙雨濛濛時，湖水由藍變綠，漫湖碧透。」子健詳盡地在雨晴耳邊輕聲細說。

「雨晴，餘生的每一分每一秒，我都想跟你一起共度，你願意嫁給我嗎？」子健從口袋裡掏出一枚戒指，舉著它遞到雨晴面前，單膝跪地，凝視著她的眼睛，用特別溫柔的聲音說道。

雨晴微笑著伸出左手，子健握住她的手，將戒指套在她的無名指上，還俯身在她的手指上落下一個輕吻。

旅遊車穿過數公里長的鎮區大道，來到海拔二千多米的沙兒華山腳下。

他們乘坐吊籃登上沙兒華山的山頂，從山頂平台眺望班芙鎮。

「我見到峽谷的河流，看到鑲嵌在綠色中的蔚藍湖泊。班芙鎮在群山環抱和綠樹相擁中顯得特別美，鎮內外那甲殼蟲一般大小的小轎車，那乳白色的房車和帳篷，為這寧靜的山林小鎮增添了無限生機和樂趣。」雨晴歡欣雀躍地告訴子健。

從山頂回到山腳下，他們驅車來到班芙泉水大酒店。酒店全部用不規則的块石疊砌而成，酷似一座石頭城堡，給人古樸的感覺，酒店數百房間內更有溫泉水供應給客人洗澡。兩人走進房間內，泡上一杯綠茶，靜靜地品味綠茶的清香，回味著小鎮的美景。

第六十章 摯愛相伴樂團圓

小島的海岸線極美，他們住的酒店就在海邊，看著朝陽從海平面上緩緩升起，將天空與大海擦亮，霞光萬丈，心情特別舒暢。

朝陽緩緩向上挪動，霞光盡露，那輕舒漫卷的雲朵，彷彿穿著彩裝的少女，輕盈起舞。天空漸漸明朗，出現絢麗的紅霞。

日出時分，天空泛起柔和的金色，如同無盡的希望，逐漸將世界染上溫暖的色彩。初升的朝陽，在雲霞的迎接中，把萬物都喚醒了。小草睜開了它那朦朧的睡眼，花兒抬起了它那美麗的臉龐，望著這美麗的一切，一切都睡醒了。

鋼琴曲「夢中的婚禮」緩緩響起，司儀沈思明踏上舞台：「王子用深情的吻吻醒了沉睡的公主，世界上最美的玫瑰花也開滿了他們生命中每一個角落。今天我們將會見證一段美好的愛情，不會忘記新人的甜蜜誓言，永遠幸福相伴。」

鋪滿花藝和藤蔓的小拱門，兩旁的花束搭配潔白的地毯鋪出一條愛的花路，築成精緻的小花園，暖暖秋意，讓人忍不住沉醉在這溫馨的美景中。

微風安靜而又溫柔，一對新人站在蔚藍天空之下，浪漫惹人沉醉。清新甜美的新娘和帥氣優雅的新郎，陽光和青草地，美不勝收。

「潔白的婚紗掩映著新娘嬌媚的臉，筆挺的西裝襯托著新郎幸福的甜，燦爛的陽光裝飾著今日吉祥的天空，祝願你們在人生的旅途中相依相伴，牽手到永遠。」

「今天，百花為你們芬芳，小鳥為你們歌唱，幸福展開甜蜜的翅膀，快樂在陽光中放聲歌唱，相愛的戀人走往結婚的殿堂，願你們攜手奔向快樂，幸福萬年長。」

結婚進行曲響起，子健挽著雨晴的手，踏著鋪滿幸福的花瓣走向婚姻的舞台。

兩人並肩站在證婚人面前，交換戒指，互相親吻，許下一生的誓言。

「在人生的路途上，有人對你知冷知熱，提醒你添衣保暖，提醒你要下雨了記得帶傘，陪你吃飯，陪你看日出日落，為你點著一盞晚歸的燈，是最美滿幸福的！你要找一個互相愛慕兩情相悅的終身伴侶，組織自己的家庭，相依相伴。」媽媽的話語飄進雨晴的腦海裡。

「媽媽是我最好的守護者。」雨晴仰望天際，流下幸福的淚水。

雨晴向一眾姊妹拋花球，希望將婚姻的祝福及幸福給予未婚的姊妹。雨晴早安排將花球拋向紫瑤，讓她去接收這份幸福的延續。風向轉變，花球飄往思明那方，思明輕輕將花球一送，剛好落在紫瑤手上。

歡聲笑語飄送於小島的每一個角落。

「在這個特別的日子裡，你和子健相守一生，我們為你們感到無比的喜悅和祝福。婚姻是一個美麗的旅程，你和子健要攜手同行，共同綻放生活的精彩。」舅父和舅母語重心長地說。

「大哥和大嫂會定居加拿大，我們想見面相聚可能要加港兩邊走了！」鄭彩雲笑著對二哥鄭子傑和好友洪偉文說。

「你認識雨晴？」袁紫瑤走近沈思明身旁問道。

「我和子健是小學同學，近年在工作上有聯繫。得知他的新娘子是你的摯友兼舊同學，所以，我自動請纓來做婚禮司儀，希望可以遇見你，重拾舊日的情懷。」思明柔情地說。

筵席散去，各人返回自己的夢工場，繼續戲劇人生。

一個陽光明媚的上午，子健和雨晴相約紫瑤和思明一起驅車到美加邊境的尼加拉大瀑布遊玩。

汽車穿越美加邊境的高速公路，遠離多倫多後，車窗外出現一片片葡萄園和櫻桃園，美景令人目不暇給。車子駛離高速公路向一座城市進發，雨晴透過擋風玻璃看到了前方的高樓，看到了高高的觀光塔，目的地已在望。下車後，他們快步向前走去，隆隆的聲響如雷貫耳，世界著名的尼加拉大瀑布映入眼簾。

接著，四人登上「霧美人」號遊覽船，親身體驗「霧中少女水上游」的浪漫意境。

遊船分上下兩層，他們穿上了一件藍色套頭雨衣，匆匆站到上層的甲板前方。

遊船啟航，波濤起伏的尼加拉河讓遊船上下左右波動著，搖晃著，遊船漸漸向東邊美國的亞美利加瀑布靠近。亞美利加瀑布分東西兩瀑，東為彩虹瀑，西為月神瀑，彩虹瀑寬，水流量大，遊船靠近彩虹瀑谷底河面時，聲震如雷的瀑布飄來暴雨般的水珠，為遠道而來的遊客洗塵，不少遊客紛紛向下層艙和遊船另一側躲避，遊船像要傾翻那樣前行，雨晴和紫瑤不約而同地驚叫了起來，子健和思明分別將兩人擁入懷裡。

遊船西行至月神瀑前，瀑布輕輕地飄落，令人感到一種朦朧美，月神瀑落水酷似新娘婚紗，也稱婚紗瀑。許多美國和加拿大的青年男女都喜歡參加「霧中少女水上游」，在遊船上舉行婚禮，因為他們堅信，只有大瀑布才會上接天際的彩虹，下引地上之流泉，永存於天地之間。

遊船漸漸逼近加拿大的馬蹄瀑，瀑布仿佛從天際滾落凡間，形狀似萬馬在絕壁上奔騰，耳畔隆隆的濤聲彷彿成了千萬匹戰馬的馬蹄得得，戰鼓咚咚，這種動感之美，音響之美，讓人心湖澎湃，興奮不已。他們乘坐的遊船沿著馬蹄瀑布成弧綫形行駛，那像銀河一般的瀑布在谷底飛濺起的浪花，隨風飄起的霧氣，灑在遊船上，遊客們盡情享受大自然給予他們奇特的洗禮。

沿途河岸石壁，綠樹重疊，礁石千姿百態。遊船接近岸邊，一道彩虹橫跨在瀑布上空，雨晴和紫瑤對著眼前七色的彩虹瀑布默默地祈求著，但願家人和朋友都能夠健康快樂地生活。

沈思明拿著一張明信片，圖案是一條橫跨在碧綠水波上的木造拱橋，背面寫著：「我們之間缺了一條橋，讓我造一條橋，通往你心靈深處。」

「在彩虹的印證下，我已經造了一條橋，通往你的心靈深處。」思明單膝跪下，從口袋裡掏出一枚戒指，舉著它遞到紫瑤面前，凝視著她的眼睛，用特別溫柔的聲音說道。

「答應嫁給思明吧！」雨晴和子健異口同聲地說。

「我們是良朋摯友，可以互相傾訴，互相扶持的好姊妹。你接到我拋出的花球，當然要接收這份幸福的延續。」雨晴笑呵呵地說。

後記

千樹綻綠，春回大地，燈下提筆，腦海飄過那些溫馨的歲月。

兒時片段，成長經歷，無論是教學生涯上的苦與樂，職場勤奮中的喜與憂，那些陳年舊事又從回憶堆中鑽出來，猶如火花一般，在我的腦海裡閃現，過去的事情像動畫一幅幅展現在眼前。

對於生於斯、長於斯的香港，我有一種莫名的眷戀。大帽山下，雷公田村、甲龍石澗，都是自己兒時居住和玩樂的地方。我懷念家鄉的「磨咸茶」，圍村象徵團圓的「盆菜」，家人圍爐共聚吃火焗時的溫馨，點滴情懷，歷歷在目。

大澳、南丫島、塔門、長洲等地也留下不少足跡，我特別欣賞水鄉風光，漁村風貌，以及濃厚的鄉土人情。自己亦喜歡走訪名山大川，見識各地不同的風俗民情，不但可以增廣見聞，更可以找尋到一些寫作素材。

與「獲益」結緣出書，跟隨總編輯夫婦到上海和汶萊參與文學研討會，與各地文友分享交流彼此的寫作心得，豐富了自己的創作思維。

人生就如同一列長長的列車，每站都會遇到不同的人和事，無論是相遇相知相許時的歡愉，還是緣起緣盡緣滅時的傷痛，都像是生命的四季一樣。這個世界上，沒有純粹的好人，也沒有純粹的壞人，每個人心中，因為立場與所處的位置不同，有熱也有冷、有愛也有怨與恨，這才是真實的人性。

我寫散文、兒童故事、童話、微型小說等，題材多圍繞著親情、友情和愛情，特別是微型小說。第一次著手寫長篇小說，也希望可以將這些題材溶入小說中。通過小說裡的人、物、事，去描述自己想表達的愛恨世界，從而探討什麼是兩性間的真愛。此外，我亦希望將自己喜歡和熟悉的地方，各地的風光名勝詳盡地描繪出來，人物活動的舞台安排在香港、加拿大和美國，因為我一些朋友和舊同學婚後移居彼岸。瑞士位於阿爾卑斯山脈間，境內如詩似畫的秀麗自然風景，那醉人的藍天雪山，碧綠湖泊，青蔥草地，木屋窗前燦爛的鮮花，確令我悠然神往！

小說的主角聚焦在三對男女身上：鄭子健和方雨晴、林浩民和陳笑儀、沈思明和袁紫瑤，希望透過他們不同的身份，不同的相遇環境，不同的愛情觀念，領悟到愛情和婚姻的真諦！因為茫茫人海走到一起是緣份，要珍惜當下，珍惜眼前人，更要珍惜彼此陪伴的這一程。婚姻是一個美麗的旅程，要互相攜手同行，相守一生，共同綻放生活的精彩。

我特別喜歡秋天，更欣賞漫山紅葉飛舞的意境。楓葉從橘橙到淺紅，從淺紅到火紅，象徵男女主角鄭子健和方雨晴的愛情故事，由平淡到絢麗的浪漫情懷。

感謝東瑞老師為《秋山紅葉》寫序，更要謝謝東瑞和瑞芬夫婦助我完成出版長篇小說的夢想，為我的寫作生涯留下美好的回憶。

只有創作可以令我找到自己夢想中的天地，看到燦爛的陽光，為天空劃出一片彩虹。踏過漫長的歲月，在文學的天空裡，去找尋那最閃亮、最純淨的一顆星，實現一個一個的夢想。

作者

2025年6月

作者簡介

吳佩芳，香港出生。喜歡繪畫和文學，寫作涉及遊記、散文小品、童話、寓言、生活故事、微型小說等。文字作品《悟》、《天有可測之風雲》、《嚴父慈心》及《美麗的翅膀》獲得「國際和平年徵文比賽」、「氣象與傳播徵文比賽」、「父親節徵文比賽」及「兒童故事創作比賽」冠軍及優勝獎。作品散見於《公教報》、《大公教》、《世界日報》、《文學評論》、《香港文學》、《作家月刊》、《新加坡文藝》、《錫山半年刊》、《印華文友》、《青果》、《青藝》、《文創達人誌》等刊物。

出版著作有微型小說集《跳出孤獨》、《誰可相依》、《晚晴》；散文、小說集《雨中花》、《幸運的風鈴》、《浪漫旅程》；兒童文學《輪流轉》、《笨豬跳》、《雨天、晴天》、《快樂的翅膀》等。部分作品收入《世界華文女作家微型小說選》、《香港微型小說選》、《童年》、《父親、母親》、《香港作家小小說選》、《香港散文欣賞》、《香港兒童文學30家》、《回家》、《做臉》、《送暖娃娃》、《那些溫馨的日子》、《粵港澳大灣區小小說選》、《香港百人童年》等文學選集中。

吳佩芳創作年表

	書名	出版社	出版年月
個人	雨中花	獲益出版事業有限公司	1994年6月
	輪流轉	獲益出版事業有限公司	1997年9月
	笨豬跳	獲益出版事業有限公司	1999年9月
	雨天、晴天	獲益出版事業有限公司	2001年11月
	跳出孤獨	獲益出版事業有限公司	2003年6月
	幸運的風鈴	獲益出版事業有限公司	2005年5月
	快樂的翅膀	獲益出版事業有限公司	2008年5月
	誰可相依	獲益出版事業有限公司	2008年10月
	晚晴	光明日報出版社	2010年9月
	浪漫旅程	獲益出版事業有限公司	2010年10月
合集	童年	獲益出版事業有限公司	1994年10月
	香港作家小小說選	獲益出版事業有限公司	1995年9月
	香港散文欣賞	獲益出版事業有限公司	1995年9月
	父親、母親	獲益出版事業有限公司	1996年4月
	香港兒童文學30家	獲益出版事業有限公司	2000年6月
	做臉	獲益出版事業有限公司	2002年7月
	回家	獲益出版事業有限公司	2002年7月
	香港微型小說選	獲益出版事業有限公司	2004年11月
	世界華文女作家微型小說選	上海人民出版社	2004年12月
	那些溫馨的日子	香港兒童文藝協會	2006年10月
	香港微型小說選	江蘇文藝出版社	2009年3月
	送暖娃娃	香港兒童文藝協會	2009年12月
	粵港澳大灣區小小說選	澳門寫作學會	2021年7月
	香港百人童年	香港兒童文藝協會	2021年12月